森澄雄の宙〈そら〉

矢野景一

ウエップ

森澄雄の宙〈そら〉

※本書は、ウエップ俳句通信116号より132号にわたって連載したものに、多少の加筆・訂正を加えて一本にまとめたものである。

※俳句作品は原句のままを原則とした。ルビは今回一本にまとめるにあたって、元のものはそのまま、新たに付したルビには〈　〉記号を用いて区別した。なお、原句等はウエップ刊「森澄雄全集（全五巻）」にて確認されんことを。

森澄雄の宙〈そら〉＊目次

第一句集『雪櫟』の世界

第一句集『雪櫟』は昭和15年から28年まで、森澄雄21歳から34歳の句集です。『雪櫟』は青春時代の重苦しい空気の中にはじまります。いうまでもなくすでに戦時中であり、太平洋戦争も始まる社会背景が作用していることは間違いないでしょう。召集令状を受けた昭和17年の句に

十月や牡蠣舟を出てたゝかひに

句には「出征前夜親友川上一雄と博多牡蠣舟にあそぶ」の前書があります。昂る気持ちが読み取れます。

車窓新緑故山に向ふうづくまり

句には「昭和二十一年四月北ボルネオ、アビーより大竹に帰還長崎に帰る」の前書があります。新緑の候にもかかわらず、鬱屈した心を抱えて故郷に向かっていることが分かります。

昭和17年10月から21年4月までのこの5年間、句は残されていません。終戦直前20年北ボルネオで死の行軍（捕虜も含め千数百名が死亡。澄雄が隊長の50名の小隊は3名に）をしています。この体験が終生、澄雄を、人間澄雄をかたちづくっていったと思います。

蟷螂の立木と思ふ吾に寄る

戦後の食糧難もあって誰もが痩せていた時代です。

新教師若葉楓に羞らふや

葱煮るや還りて夢は継ぎ難し

昭和22年に佐賀県立鳥栖高等女学校の英語教師となります。若葉のような十代の少女たちに囲まれる環境は、軍隊や戦場、原爆で壊滅状態の焦土と化した郷里長崎とは別天地のおもいがしたことでしょう。そしてそこで人生を決める決定的な出会い、同僚アキ子夫人との出会いがありました。

「夢は継ぎ難し」とはどんな夢だったのでしょうか。男子として身を立てる夢でしょうか。文学への夢でしょうか。「還りて」（戦争からの帰還）が痛切です。

23年3月に二人は結婚。すぐに上京。東京都立の現豊島高校の教員に。しかし五月には腎臓を病んで一年あまり病臥することになります。

塩絶って鶏頭に血を奪はる、
妻去《い》んでそくばくの香に夜長寝ず
ペンだこや毛糸ほぐしは寝てしまふ

減塩食。入院、その見舞に来た妻が遺した微かな香。「石田波郷論」で推敲を重ねる澄雄と傍で毛糸ほぐしをしながら寝てしまう妻と。

この時妻アキ子夫人は身重でした。〈霜夜まつ丹田に吾子生る、を〉の句がありますが、その前書には「妻出産のため単独入院わが病状最悪の時なり」とあります。入院に必要な寝具や出産用品などリヤカーに載せて妻は一人で入院し、二人で退院してきたと、後日澄雄はこの時のエピソードを語っています。

冬雁や家なしのまづ一子得て

第一子の誕生は新婚生活の幸福の一頂点でしょうが、手放しでその幸せを受けとることができる状況ではありませんでした。続く病臥の日々、困窮の生活。そんな負の心情の象徴が冬雁でしょう。しかし、ただ打ちのめされているだけではありません。「まづ」は、他のことはともかくとして、の前向きの気持ちを示しているとおもいます。「俺には金も財産も健康も何もないけれど、新しい家族を先ずは手に入れることができたのだ。」「まづ」には、幸福な家庭を築く着実な一歩を踏み出すことができたという自己肯定の力強さも感じられるのです。

とはいえ、生活が一変するわけではありません。時にはこんな日もあったことでしょう。

昨夜《よべ》泣いて今朝《けさ》いきいきとコスモス活く
ふぐりまで拭かれて寒の没日うるむ

アキ子夫人の気丈さはさきほど紹介したとおりですが、また、明るさだけをもっている、といった印象の人でした。一夜明ければ何事も無かったかのようにすっきりと切り替えのできた人だったに違いありません。一方夫である澄雄は、相変わらず手のかかる病人のままです。わが身のふがいなさを思い、子や妻を思い、思はず目を潤ませるばかりです。

枯る丶貧しさ厠に妻の尿《しと》きこゆ

アキ子夫人の様子を通じてこまごまと窮乏の生活が描かれています。〈火を熾す妻の背を圧し枯野雲〉〈麦萌え出す妻が襤褸を着しま丶に〉〈背を炎天乳房を暗く濯ぎをり〉〈七輪あふぐ女の尻を枯野に向け〉〈濯ぐ背に布幕のごとく雪降りをり〉〈枯野澄む尻もちあげて薪割る妻〉〈濯ぐとき乳房弾みて麦萌えだす〉〈はや寝落つ夜濯の手のシャボンの香〉〈深緑や濯ぐばかりに肘若し〉〈雪嶺まで枯れ切つて胎かくされず〉この間に第二子、第三子が誕生しています。澄雄の病状も徐々に回復したようです。これらは澄雄夫婦の特殊な生活ではなかったかもしれません。戦後は物資が決定的に不足していました。求めようにも物が無かったのですから。祖国分断という悲劇を招く朝鮮戦争が起き、特需で景気を回復するまで極端な状態は続きました。

掲句「枯る、貧しさ」の句に戻ります。澄雄の句の特徴がこの句に顕著にあらわれていると思います。

一つは「枯る、貧しさ」という把握の仕方です。枯れることと貧困という思いとは本来無関係です。「枯る、貧しさ」には、枯れ枯れとして生気のない自然と逼迫した生活に追われる心情とが一体化していることが見てとれます。

二つ目は「厠に妻の尿きこゆ」です。現代では女性が用を足すときに水洗トイレの水を流して排泄音を消すようにしているそうです。『雪櫟』のこの時代に庶民の家庭に水洗トイレなどあろうはずがありません。尿がどこかに当って立てる音を気に掛ける様子もありません。むしろまことに堂々と放尿しているふうに思われます。力のある健康な音なのでしょう。

尿の音というような日常卑近な事柄を句材にしながらこの句、下品さは全くありません。むしろ明るく健康な生命（妻）を讃える歌となっています。

このような物質的に恵まれない生活の中で明るく健康な妻が澄雄にとってどれほど大き

な支えとなったか、いうまでもないことです。

連翹のはつはつ汝を愛しをり

これほど堂々とのろけられてしまうと、こちらが赤面する思いです。時間というものの把握がやがて澄雄の大事なテーマとなってゆきますが、その萌芽と思われる句を挙げておきます。

家に時計なければ雪はとめどなし

際限なく降る雪を目の当たりにして、家に時計が無いからだ、というのです。有り余るほど家に時計がごろごろしている現代社会では考えられないことです。時計があれば雪に「とめど」があるのか。柱時計の一つすらない貧しい暮らしを押し包むように降り続く雪。時計のない家はこの時期の暮らしぶりの象徴ですが、南国育ちの澄雄には圧迫感があったことでしょう。〈雪櫟夜の奈落に妻子ねて〉という自序句でこの『雪櫟』を飾っていますが、とめどなく降る雪には、まさに地獄に押し込め閉じ込められるおもいを持ったことでしょう。際限なく降る雪は際限なく続く時間でもあります。永遠にこの状況に留まるのではないか、という不安。

一方で南国育ちのものにとって雪は異次元の世界へさそってくれるものでもあります。ですからとめどなく広がるのは時間に縛られない自由な空想かもしれません。ロマンチックなおもいもどこかにあるかもしれません。

自身の病気が快復に向かうと澄雄は師楸邨などとともに旅するようになります。次の句は寒雷の仲間であった矢部栄子を新潟に見舞った句です。

内野療養所　矢部栄子

笹飴やいとけなかりし雪女郎

雪女郎といわれているのは矢部栄子です。なんともいとけなく、もちろん美しい色白の女性だったよ、と越後土産の笹飴を食べながら思い出しているのです。

しかし雪女郎という見立ては美しい反面はかなさも感じさせます。後日澄雄は、私には詠んではいけないものを詠んでしまった様な後悔がのこった、と述べ、矢部栄子さんにも無残な思いをさせたのではと胸を痛めています。

この句、矢部栄子に対する挨拶です。幼くあどけない雪女郎というのは虚実でいえば虚です。しかしこの虚の世界に遊んだつもりの句が実の世界を呼び込んでしまったのです。澄雄はそう思ったのです。

除夜の妻白鳥のごと湯浴みをり

おおみそかの夜の句です。新年を迎える準備に追われて、夕食の後もなにやかやと小まめに動きまわっていた妻が、片付けもすべて終わって、おそらく仕舞風呂でしょう、家族のだれよりも最後に風呂に入っているのです。その妻を思い描いているのですが、まるで白鳥のように湯を浴びている、と。

一年の最後の最後まで家族のために働き尽くす妻への感謝といたわりの気持ちが「白鳥」という比喩にこめられています。湯を浴びる白鳥のフォルムに清潔ですがほのかなエロスもただよっています。

日本の民話に「鶴の恩返し」があります。日に日に瘦せてゆく娘をいぶかしく思った翁は「見てはいけない」という禁を破ります。自分の羽毛で機を織っていたと知られ、鶴に戻った娘は飛び去ってゆく、というあの話です。鶴と白鳥という違いがあり、また風呂を覗くわけではありませんが、この句には「ひょっとしたら妻は白鳥の化身ではないか」という思いが含まれているように思われます。病み勝ちの澄雄を支え、子を育て、貧窮の生活にも耐える妻をわが羽毛で機を織る鶴ならぬ白鳥に見立てているのです。

このように妻を美化して詠んだわけですが、この後仲間内で、澄雄は自宅を白鳥亭と名づけ、夫人アキ子さんは白鳥夫人と呼ばれることになりました。この後にも白鳥夫人を詠んだ句が、〈毛糸編み日浴び白鳥翔ちもせず〉（『花眼』）〈こほるこほると白鳥の夜のこゑ〉（『游方』）〈白鳥とは湯浴みの妻よいまは亡き〉（『蒼茫』）があります。妻恋いは澄雄の一生のテーマとなります。

「白鳥」は澄雄の青春の象徴といってよいと思います。そして『雪櫟』は永遠の青春性を湛えた句集と思います。

第二句集『花眼』の世界

句集名「花眼《かがん》」は花のように美しい眼という使い方もありますが、かすむ眼、よく見えない眼、つまり老眼という意味です。昭和二十九年から昭和四十二年、森澄雄三十五歳から四十八歳の時期にあたります。老眼というにはいささか早い年齢です。『花眼』の「あとがき」に澄雄は杜甫最晩年の詩をあげ「老年ノ花ハ霧中ニ看ルニ似タリ」の詩句が「花眼」の意に最も親《ちか》かろうか、と述べています。では「老年ノ花」とは何なのか。それを『花眼』から読み取っていきたいと思います。

をみならにいまの時過ぐ盆踊

盆踊――主役はなんといっても若者でしょう。若い女性たちが踊っている光景をおもい浮かべてください。その若い盛りの女性たちを眺めながら、この女性達にも時は容赦なく過ぎ去っていくのだとみているのです。
この句などのように時間を詠み込んだ句がたくさんあるのが『花眼』の特色です。

磧にて白桃むけば水過ぎゆく

この句は人生の時間ということとからめて鑑賞されることが多いです。流れ去る川水を時の流れと見立てるのですが、この句のみで鑑賞するなら、やや深読みのように思います。それより〈七月の夜雲ゆたかな桃を食ふ〉〈たそがれの桃食ふや生永き時〉〈満ちめしひたり白桃をひとつ食ひ〉など、桃は大好物であったようです。

狐ききをり自然薯掘りのひとり言

自然薯は細く長く地中に伸びるので掘り採るのがたいそう難しく根気がいる。ほっ被りした杣人が自分の身の丈ほども掘り進めながら、いろんな独り言を言っている。その傍で狐が面白がって聞いている。辺りはもう秋も深まって紅葉が進んでいる。そんな童話・民話・昔話のような世界。たいへん楽しい句です。

この句の前に〈鴉見てをりひとり髯面の荒田打〉という鴉と髯面男の句もあって、澄雄はひとつの着想を何度も練り上げる傾向があると思います。次の句もそんな完成品の一つです。

明るくてまだ冷たくて流し雛

入り混じる冬と春を捉えた先行作品に〈三月風ひと日光りてはたと寒し〉〈ねむたくてまぶしくて欅芽吹前〉があります。掲句は明るさと冷たさとが綯い交ぜになった河原にでて、女の子が雛を流しているようすです。

新暦の三月三日に流し雛を行うところもありますが、本来は旧暦の雛の節句。この句の時節は、仲春のころ、日はもうかなり永くなって春らしい陽光に溢れていながら、風はまだぞくりとする寒さが残っているころです。

もともとは形代にけがれを移して川に流したものが、時を経て雛を流すことになったもので、観音信仰と結びついているように思われます。私がよく行く奈良県五條市の流し雛では、まだ罪けがれのないいとけない女の子が身の穢れを流してほしいという願文を読み上げてから雛を流します。「明るくてまだ冷たくて」は流し雛が行われるころの季節の把握ですが、流し雛という行事に託された人のおもいも言いとめているでしょう。

句はリフレインが効果的です。交差する季節感をみごとに捉えていますし、女の子の行事という華やかさと、災厄をもつ身というはかなさが、リフレインに託されています。

雪夜にてことばより肌やはらかし

「慰めも涙もいらないの　ぬくもりが欲しいだけ　人はみな一人では生きていけないものだから」という、中村雅俊が歌ったヒットソングがありましたが、澄雄の句は平明さの中に真理をついています。

われに曾て「除夜の妻白鳥のごと湯浴みをり」の一句あり

毛糸編み日浴び白鳥翔ちもせず

句の背景に杉田久女の〈足袋つぐやノラともならず教師妻〉があるでしょう。イプセンの戯曲「人形の家」の女主人公ノラ。女性解放運動の象徴的存在となりました。足袋に継ぎ当てをするつましい日常生活からわが身を開放できなかった教師妻久女の句です。

澄雄夫人も久女とおなじく教師妻です。冬の日向で毛糸を編む妻は飛び去ってしまうのではという不安が澄雄のこころのどこかにあったことは間違いないでしょう。

父の死顔そこを冬日の白レグホン

凄惨な死との闘いの末に、昭和三十八年父が亡くなります。その時長く苦しみの原因となっていた信仰の問題にも、幼時の信仰であるカトリックに還ることで決着をつけたそうです。父の死を通して、人間は生きることも死ぬことも大変だと切実に思ったと澄雄は述べています。

花杏樹下の二人と想ひをれ

「銅婚」の前書きがつけられた三句の内の一つです。「想ひをれ」のような言い方をすると現代の女性には全く受け入れられないでしょう。男尊女卑・亭主関白・前近代的家長制度などさまざまな声が聞こえてきそうです。

前年の結婚記念日には〈われら過せし暦日春の夜の烈風〉という句を残した澄雄には、〈向日葵や起きて妻すぐ母の声〉〈妻夜涼ときどきつまる寝息せり〉〈欠伸ひとつ湯にゐて妻が除夜を逾《こ》ゆ〉〈炭の香に妻の香が消え夜寒の手〉など、たくさん妻を詠んでいます。こういう句を読む限り単なる亭主関白でないことは明らかです。

綿雪やしづかに時間舞ひはじむ

一読〈家に時計なければ雪はとめどなし〉（『雪礫』）を思い出します。澄雄はこの『花眼』の句業について、〈和漢の古典に親しみ、人間はおびただしい生死を繰り返しながら喜怒哀楽の生の中に何を見て来たのかということへの関心の中に、人間の生きている時間を見続けてきた〉と述べています。『花眼』には「時間」という言葉を生に使った句も多くあります。

〈芒の穂光陰として時間をり〉月日の早く過ぎ去る比喩「光陰矢の如し」が下敷きですが、一瞬の時間の経過を芒の穂の煌めきに定着させた句です。

また〈花李昨日が見えて明日が見ゆ〉の昨日・今日・明日という連続するのも「時間」

ですし、〈ねむたくて齢加はる目借時〉の「齢」も時間の変形と考えてよいでしょう。「時間」が「人生」の様相をもってきたのです。

雪嶺のひとたび暮れて顕はるる

高校の教科書にこの句が、龍太兜太らとともに掲載されたことを知って、私は澄雄を師としたことを誇らしく思ったことを覚えています。

一旦暮れて再び顕われたという中に、時間の流れと雪嶺のビフォーアフターが言いとめられています。句の主語の雪嶺は一旦自ら姿を消して、再び姿を自ら顕した、そう考えた方が雪嶺の神々しさが感じられるでしょう。

蜀葵《たちあふひ》人の世を過ぎしごとく過ぐ

なんともわかりにくい句です。「人の世を過ぎしごとく過ぐ」とは何がどうしたことなのか、一読では了解できないからです。澄雄の師である加藤楸邨の〈鰯雲人に告ぐべきことならず〉が鰯雲にとやかくと引き込まれてしまうと訳が分からなくなるように、澄雄の句も蜀葵に攪乱されるとわからなくなるのです。
さきほど〈花李昨日が見えて明日が見ゆ〉を取り上げましたが、「花李」と「昨日が見えて明日が見ゆ」の関係は、「蜀葵」と「人の世を過ぎしごとく過ぐ」の関係と同じでしょう。一生に見る人の世を、この世の有為転変を、見尽くしたかのように、蜀葵の側を通り過ぎたのです。

百日紅暮れて灯のうち地蔵盆

ことに京都や奈良の路地にある祠にお地蔵様が祀られて、日々その町内の人たちが大切に守りお世話しています。八月二十四日各町内でその祠を中心にして灯りを点して、お堂のあるところでは堂内で大数珠をみんなで回してお経を唱えます。もともとは大人の信仰の対象でしたが、地蔵が児童に通じるからか、いろんなお菓子や飲み物などが貰える子供たちの楽しみの行事になりました。路地の一角だけがほっと灯りが灯ったようで、それだけでもなつかしい思いがするものです。その懐かしさを、澄雄の句は捉えています。

雪国に子を生んでこの深まなざし

澄雄は俗受けする言葉の使用名人だとおもいます。平俗な言葉を詩的に生かしています。そしてリズムがよいのです。まるでキャッチコピーのよう。真行寺君枝の資生堂のCM「ゆれるまなざし」を思い出します。〈雪国は黒瞳せめぐや夜の国〉〈雪国に齢ふるぶ気も狂はずに〉などの澄雄自身の句がおそらく下敷きになっての作品でしょう。

子を生めば女は精神的に成長するとか鑑賞されたことについて澄雄は、ならば自分の母は聖人になっていただろうが俗人のままだった、と語ったことがあります。澄雄が深いまなざしの裡にみたものは「その美しさに、雪国に生まれたこれからの子供の生と、その女の生が、何か辛い思いで胸に宿った。」（角川「森澄雄読本」）と述べています。句の鑑賞は澄雄自身のこの言葉に尽きるでしょう。澄雄はその女性が負うであろうこれからの人生という時間を「まなざし」に認め、思わず見つめずにはいられなかったのでしょう。

辛夷咲き琺瑯の空ゆらぎをり

ひろびろと田起こしの雨近江なり

「ホーロー鍋」など「ホーロー」は外来語と思い込んでいたので「琺瑯」に出合った時はショックでした。漢和辞典にも「不透明白色の釉薬」と載っています。一面に白濁したような、しかし底に光を含んでいるような空を背景に咲く辛夷。

田植に向けての第一歩の作業をあちらでもこちらでもしているのです。近江はゴールデンウイークに田植えがほぼ済むようですから、この田起こしは春先の様子だとおもわれます。春めく明るさをもった雨にけぶって朦朧とした田園風景。

この二つの句のように、大きな空間を大きくとらえた句は、次の句集『浮鷗』につながっていくものです。

年過ぎてしばらく水尾のごときもの

巻末の句。掌中の珠をねんごろにあたためるような味わいがあります。「老年ノ花」とは、人生を流れる時間が水尾のように目に見えることなのでしょう。

第三句集『浮鷗』の世界

初夢に見し踊子をつつしめり

なんとも艶冶な句から『浮鷗《うきかもめ》』は始まります。しなやかな若い牝猫を大切に大切に懐に入れているような味わいがあります。『浮鷗』は昭和四十三年から四十七年、澄雄四十九歳から五十三歳の男盛りの句集です。

晝の空いよいよ碧き手毬唄

中七に着目すれば「手毬唄いよいよ碧き晝の空」でしょう。そこが表現の工夫。碧いのは空であり手毬唄であるという表現です。

田を植ゑて日本の規矩をつばくらめ

「規矩」としてとらえたものは畦。畦の織り成す模様は平野部と山間部とでは異なりますが、日本人が営々と年年繋ぎ続けてきた文化の象徴です。測量や墨縄の意味を濃く感じさせる用語。日本の風土の「規矩」です。

鯉こくや夜はまだ寒《さむ》千曲川

「手毬唄」や「つばくらめ」の句に見られるように表現に彫心鏤骨の時代です。信濃は梅もまだ、田にもまだ何も始まってはいないのでしょう。「夜はまだ寒いし」ということの中七を「夜《よ》はまだ寒し」と表現することもできますがそれを「よるはまださむ」と表現しています。「さむし」より「さむ」の方が、身に引きつけた皮膚感覚が出ます。内心で呟いた「さむ」です。

『花眼』に〈梅干してきらきらきらと千曲川〉がありました。『浮鷗』には〈向日葵や越後へ雨の千曲川〉も。

昭和四十五年澄雄は「杉」を創刊主宰します。次の句は四十三年に越後で詠まれた句ですが、創刊の決意、自祝の句として創刊号に据えました。

紅葉の中杉は言ひたき青をもつ

色を変える周囲の木々の中、色変えぬ杉、直立する杉、主張の青を守り通す杉だと高らかに宣言しています。

「言ひたき青」というこの自己の心情を色に託す表現は注目しておいてください。

櫻おぼろにおのれ出でゆきもどりくる

西行の〈吉野山こずゑの花を見し日より心は身にもそはずなりにき〉〈あくがるる心はさても山ざくら散りなむのちや身にかへるべき〉をあきらかに意識した句。心体遊離体験です。朧夜の桜を肉体を離れた心が観に出掛けて帰って来た、と。みつめている対象は桜に誘惑される「おのれ」です。この句はこの後の澄雄の作品を理解する上でヒントになると思います。

しぐれつつ我を過ぎをりわれのこゑ

この『浮鷗』には〈鶏頭をたえずひかりの通り過ぐ〉があります。鶏頭を通り過ぎていく燦燦たる光、鶏頭に降り注ぐ光を詠んだ句です。客観的対象を詠んでいます。しかし掲句は「こゑ」を対象として詠んでいるだけです。時雨ながら「われ」の声が「我」の体を透過していく。初冬の自然と一体化してしまった感覚。主観的といえますが、彫心鏤骨の表現の工夫です。〈年われを過ぎつつしばしとどまれり〉（傍線筆者）も、しばらく立ち止まって通り過ぎる年に「われ」「おのれ」を見つめる句です。

紅梅を近江に見たり義仲忌

木曾義仲を葬ったとされる義仲寺が近江（滋賀県大津市）にあります。芭蕉は寺の近くの幻住庵で元禄三年夏から秋の四か月間滞在しました。近江の俳人たちとの交流を重ねて、翌年に『猿蓑』という芭蕉の俳諧を代表する選集を出版しています。〈逝く春を近江の人と惜しみけり〉の舞台となった土地でもあります。芭蕉は義仲贔屓でもあったので、死後義仲寺に埋葬してほしいと望みました。その遺言通りこの寺に葬られました。以降俳人たちが足しげく通う寺になりました。

水のんで湖国の寒さ広がりぬ

まるで自分の体内に寒い湖国が広がってゆく感じがしませんか。垂直方向に水が体内を落ち、同時に、湖国全体が自分の体内にあるかのように寒さが水平方向に広がっていく。自他の境界が消え、水を飲む我と湖国の寒さとが一体化した、自他一如の世界。水産物に恵まれ農産物も豊富な湖国ですが、この寒さの中に生きている人々の生のかなしみに想いをいたしているのでしょう。

田を植ゑて空も近江の水ぐもり

琵琶湖周辺は近江米として知られる米どころ。ことに湖東は田水が張られると、湖も田の続きかとおもうような光景を見せます。句意は「田を植えて田の面は濁りで曇ったように見える。空もまた田植時の曇り空で、湖水のために曇ったかのようないろをしている。」

澄雄は『花眼』で追究した人間の生きている時間を踏まえ、さらに人間の浮かぶ空間、あるいは虚の空間ともいうべきものを追い求めた、と『浮鷗』の時期のテーマについて述べています。

時間と空間という座標軸が交わるところが「今（今日・現在）」と呼ぶ時空。昔から延々と流れて来た時間の流れの中で、田植えをしている人々。それをずっと包み込んできた近江という空間。その一期一会ともいうべき時空の連続の中で、何世代にもわたって繰り返されてきた田植という人の世の営みを澄雄は眺めているのです。

澄雄の俳句の変遷を知る上で大事なターニングポイントとされるエピソードがあります。師加藤楸邨らとのシルクロードの旅がそれです。中央アジアの悠久の風土に触れている内に、〈行春を近江の人とおしみける〉という芭蕉の句が浮かんで脳裏を離れず、帰国後近江通いを始めます。「人生探求派の楸邨。」その会誌「寒雷」編集長の澄雄が、師の作風に決別し、新句風を確立していくきっかけになりました。

澄雄がシルクロード、中央アジア最古の都市サマルカンドでみたものは何であったか。時空の遥か彼方からやってきたようなキャラバンをみて、人の営みの悠久を思ったのです。

隊商に限らず人はこの悠久の時空に生きているのだとの思いです。それが後年「虚」になり「造化」になる思想です。はるかなる時空の中に我々の生は浮かんでいる、ということが「虚」です。

秋の淡海《あふみ》かすみ誰にもたよりせず

この句に芭蕉の「行春を」を重ねることはあながち深読みではないでしょう。「誰にもたよりせず」とは誰彼を思い浮かべている裏返しですから、春と秋の違いはあれ、どちらも湖水朦朧としている点に季節を惜しみ人を恋う心を託しています。

鶏頭の旬《しゅん》を過ぎたる湖平ら

「旬」とは味がもっともよい時期という意味で多くつかわれます。鶏頭の食べ頃、と思えば虫や鳥になった気がします。おもしろい言葉のつかいかたです。盛りを過ぎた鶏頭（時間）と真っ平らに広がる秋の琵琶湖（空間）とを明確に意識した句の先駆けだと思います。

雁の数渡りて空に水尾もなし

この句は先ほどの〈田を植ゑて空も近江の水ぐもり〉の鳥版とみなすこともできるでしょう。「雁たちは太古より渡りを繰り返している。その回数も渡った雁の数もおびただしいに違いないが、その痕跡は何処にも残されていない。」という句意です。

「雁の数渡りて」に表現の工夫があります。これが「数の雁渡りて空に水尾もなし」であったら、「眼前を多数の雁が渡っていったが空には水尾がない」という写生句になります。この語順でも句は成立します。そこを「雁の数渡りて」とすることで、雁の数はもとより、雁が「数々の渡り」をして、という意味合いも獲得しました。

過去から数えきれないほど繰り返されてきた雁の渡りだが、その痕跡は渡る空間になんにも痕跡をとどめていないし、これから未来にも同じであろう。そのように読んでくると、この「雁」は眼前を渡っていく雁でないかもしれません。〈病む雁の夜寒に落ちて旅寝かな〉（芭蕉）や〈雁《かりがね》や残るものみな美しき〉（波郷）の「雁」に通じる、つまり日本の詩歌の伝統を負った雁、そんなふうに思われてきます。

鳰《かいつぶり》人をしづかに湖の町

琵琶湖畔の町。これといった物音も立たない、人の姿も見かけない湖沿いの町。静かな日常の暮らし。

「人をしづかに」は引っかかる表現です。「人はしづかに」「人のしづかに」ならわかりやすいところです。ですから特別な狙いがあるはずです。まず「人をしづかに」するのは誰でしょうか。鳰?町?湖?わたしは湖とおもいます。琵琶湖という大いなる存在が、鳰を生かしているように、人をも生かしている。湖を巡って人生がある。

白をもて一つ年とる浮鷗

句集名は掉尾におかれたこの句からの命名です。「浮鷗」は浮き寝鳥の傍題です。

いまの私たちは誕生日が来て一つ年を取るという満年齢の数え方をしますが、生まれた年が一歳で、以降正月になると一歳をくわえる数え年という数え方をご存知でしょう。この句はその数え年の句です。

「その白さをもって正月に一つ年を加える浮き鷗よ」句はこんなふうに鷗のことを見たままに詠んでいるかのようです。鷗は冬に北方から日本に渡って来る渡り鳥。ですから旅に生きている鳥です。澄雄もまた東京から福井の敦賀の種《いろ》の浜にやってきて新年を迎えた旅人だったのです。

事実、澄雄も鷗も旅の途次で互いに出会ったわけですが、澄雄はこのころ旅の詩人芭蕉にあらためて深く傾倒しています。芭蕉同様、人生は旅、のこころを持っていたようです。ですから、句には旅する者同士がここで出逢い得たという感慨が含まれています。ことに年末年始という、年の推移を伴う時の狭間には、誰もが年を送り年を迎え、このようにして生きているのだという、この世のはかなさと懐かしさとを感じるものでしょう。漂泊の思いの象徴の白です。

三年前に〈浮き寝していかなる白の冬鷗〉(『浮鷗』)があり、鷗の白に孤愁を見てとっていました。自己の心情を色に託す表現はこの「白」にもいえます。

第四句集『鯉素』の世界

集名「鯉素《りそ》」は「鯉魚尺素《せきそ》」の略。遠方からやってきた客が二匹の鯉をもたらしたが、召使にそれを煮させたところ尺素の書が見つかった、という故事に基づいて、鯉素は手紙の意味。荒唐無稽な故事に基づく鯉素を句集名にしたことに、人知を超えたものごとへの憧れがあったのではないでしょうか。前句集まで時空をテーマにしていましたが、人間の案ずる時空を超えれば虚空燦々ではないかとの澄雄の思いにふさわしい集名です。

ぼうたんの百のゆるるは湯のやうに

「ぼうたん」は牡丹のこと。蛍を「ほうたる」のように長音化していう言い方が俳句にはあります。

「およそ百ほども咲いているであろう牡丹の花が風に静かにゆらめくさまは、まるでほのかに湯気の立つ温泉の湯のようだ」

中国西安の観光名所の一つに華清池がありますが、唐の時代の玄宗皇帝と楊貴妃の別荘地でした。楊貴妃のための浴槽は海棠の花をデザイン化した形をしていますが、世界三大美人の一人楊貴妃は絶世の美女です。美人の形容に「立てば芍薬、座れば牡丹、歩く姿は百合の花」ということばがありますが、この澄雄の句には、楊貴妃のような美貌の女人が湯に浸かっているような妖艶なおもかげがあるようにおもいます。

「ぼうたん」の長音といい、句全体がウ音を中心にしたやわらかな調べなのも作者の工夫でしょう。

この句の成立について澄雄自身が「花はあらかた終わっていた。花が咲き誇っているときに見たらこの句ができたかどうか」という趣旨のことを述べています。

句は現実の光景から切り取った写生の句ではありません。澄雄は目を一旦瞑って詩的に理想的な牡丹の美しさを生かしきる光景を創造して、「百のゆるる」という客観的表現を与えたのです。澄雄の精神の中から見えてきた写生を越えた世界です。この句を虚実で解き明かす評もありますが、「虚実」ではありません。なぜなら虚は想像力を越えたもっと大きなところだと思うからです。そういうところから来る光や声を見とめ聞きとめておのれの命が発露したとき、虚実の句となると思うからです。

妻の睡《い》の髪に白ふゆ良夜かな

澄雄の句業において「妻」はどの句集においてもテーマであり続けます。良夜、独りの執筆を終え寝室へ。先にやすんで安らかな寝息をたてる妻の、月光に浮かぶかのように白の増えた髪を、あらためてまざまざと見たのでしょう。一年に一度の良夜であってみれば、何をおもったかは申すまでもないでしょう。〈妻立ちて白髪をふやす桃の花〉もこの句集にあります。鳥毛立女図屏風に代表される樹下美人図のようです。妻を白鳥と喩えて以来、良夜・桃花には一筋の妻への想いが思われます。

芭蕉忌の暮れて甘ゆる鳰のこゑ

澄雄の句はどうしてこんなにやさしさに満ちているのだろう。芭蕉忌は旧暦十月十二日、新暦の十一月下旬です。日暮れて暖房の欲しくなる寒さの湖から、親に甘える鳰の子の声が聞こえてきたのです。旅に在って家族をおもう澄雄のこころでもありますが、同じく旅に生きた芭蕉の人間性を、澄雄はどう理解していたかの証でもあるでしょう。

紅梅の蘂ぱっちりと睫毛ほど

澄雄の〈比良の雪春はけぶりてきてをりぬ〉は飯田龍太の〈雪の峯しづかに春ののぼりゆく〉（『童眸』S34刊）を意識した句と思います。また澄雄の〈白梅の中紅梅に近づきぬ〉も龍太の〈白梅のあと紅梅の深空あり〉（『山の木』S50刊）を意識した句と思います。この頃の龍太を意識していると思われる句群の中で、掲句は澄雄独自の艶冶を宿した句です。十七、八の乙女の明眸が浮かんで、春の到来を印象付けます。紅梅の花の蘂を観察すれば「蘂ぱつちりと睫毛ほど」は優れた写生眼だとわかります。単なる写生でないのは、少女のイメージが重なる工夫をして、精神の世界を色濃く出したからです。もし「紅梅のぱっちりと蘂睫毛ほど」であったら、紅梅のぱっちりと蘂が睫毛ほどのながさだよと、単にちょっと気の利いた写生句で終わっています。掲句の「紅梅の蘂ぱつちりと睫毛ほど」であれば、睫毛の前にワンクッション入ることで、紅梅の蘂がぱっちりとしていて、それはまるで乙女の睫毛みたいだと、紅梅そのものが少女に変身します。

西国の畦曼珠沙華曼珠沙華

曼珠沙華曼珠沙華というリフレインが特徴的で一読で覚えてしまう句です。このリフレインがこの句のリズムを作っていることはいうまでもありませんし、畦に群がって咲く風景の描写にもなっています。名詞と調べだけで詠まれた、暗誦性のある名句です。

西国に曼珠沙華が多くみられることは事実ですが、「西国」には西国三十三所の意味もありますから、観音巡礼を念頭に置いた「西国」でもあるでしょう。人間探究を超えたもっと広い世界に出た句と思います。

この句は最初「西国の旅曼珠沙華曼珠沙華」であったものを「旅」を「畦」と推敲したことが知られています。「旅」ですと、西国の旅を続けるとそこかしこで曼珠沙華を見かけることだ、という句意です。旅によって朱色の幻想の中を漂うような空間が広がります。弾むような心で旅する澄雄の姿が浮かびます。「西国」は「関西以西の地方」です。その「旅」を「畦」とすると弾みは消えて沈静した調べとなって、「西国」は一地点（句が詠まれたのは姫路郊外）となりますが、「西国」には単に地方名ではなく、三十三所巡礼の西国の含みが加わります。眼前に畦を見ていることとなって、西国巡礼の一団がその畦道を歩いて行く、そこを澄雄も歩いて行くようなリフレインのリズムにもなります。ここに澄雄の「虚」におもいを致す心が働いていると思います。

ところでこのリフレインのリズム、絶唱のように響いて来ませんか。「旅」を「畦」とすることで句は写生句のようになりましたが、そこに澄雄の精神の世界を被せています。そしてはるかなもの（何世代にもわたって繰り返される西国巡礼）と触れ合う澄雄の命を想います。絶唱のリズムにその命の発露を認めます。虚実の句と思います。

春の野を持上げて伯耆大山を

机の上に広げたハンカチの真ん中をつまんで引き上げたように、春の野を神がちょいとつまんで持ち上げて伯耆大山《ほうきだいせん》をつくったのだ、ということ。伯耆は今の鳥取県西部。隣は国生み伝説で知られた出雲。神が遊び心で楽しんで創った大山。このスケールの大きな発想がよいですね。また、一句全体の調べがやわらかで、一句を生む澄雄の大きな呼吸を思わせますし、駘蕩として広がる裾野を思い描かせます。写生ではとらえきれない発想です。澄雄の遊び心（とあえて言いますが、詩的想像力）がなせる句ですが、造化の不思議に迫ろうとする思いもあると思います。

若狭には仏多くて蒸鰈

若狭は海産物や塩を奈良や京都にもたらし「御食《みけ》つ国」と呼ばれました。蒸鰈《むしがれい》は、塩蒸しにした鰈を陰干しした若狭の名産品の一つ。また若狭は大和朝廷の日本海側の入口として、大陸の文物がいち早く伝播した土地のようです。お水取で知られるように奈良とのつながりも古く、京都とも近い土地です。若狭には由緒ある寺院と仏像が数多くあります。若狭に残る仏像を巡り、夕食に蒸鰈を小さい焜炉であぶって食べているのでしょう。助詞「て」を用いていますが、仏が多いことと蒸鰈とに因果関係はありません。今日たくさんの仏と出会ったが、この蒸鰈も伝統の食品。素朴な白身魚の味わいに、仏をおもい、ほっこりすることだ、というのです。

地名を詠み込む句が澄雄には多いのですが、これもその土地への挨拶です。国褒めです。

炎天より僧ひとり乗り岐阜羽島

岐阜羽島は東海道新幹線の駅名。「炎天下」でも「炎天や」でもない「炎天より」で、炎天そのものからふっと現れてすっと乗り込んできた印象になります。

岐阜羽島の周辺は戦国時代に合戦の多く行われた土地で、特に関ケ原の古戦場として知られたところです。数多の武士の菩提を弔うためにやってきて古戦場を訪れた僧が、その弔いを済ませて、炎天から新幹線に乗り込んだのです。現実にそうであったのかではなく、澄雄が現実の時空を超えた想像を働かせた句です。

澄雄はこのころ空想力を働かせた句を多く詠んでいます。〈みづうみに鰲《がう》を釣るゆめ秋昼寝〉（鰲は伝説上の巨大亀）もその一つ。

青饅やこの世を遍路通りゐる

句の眼目は「この世を」にあります。「この世を」の対は「あの世を」です。あの世のことを考えている澄雄の目の前に四国八十八所のお遍路さんの歩いて行く姿が見えたのです。ふっと我に返って、ああこの世を遍路が歩いて行くなあ、と思ったのです。

しかしその一団の遍路たちはそのままあの世へと歩いて消えて行ってしまうのでしょう。あの世この世のけじめが消えかかってはふっとこの世に意識が戻る、まるで夢と現実との混沌のような感覚です。青饅は酢味噌和えのたべものですが、その食味が句に適っています。

大年の法然院に笹子ゐる

掉尾の句。法然院はその名のとおり法然を宗祖とする浄土宗の寺院。京都東山にあります。〈目に見えて法然さまや寒の菅〉（『游方』）〈法然寺より春の山春の海〉（『空艪』）〈うとうとと居眠りゆるせ法然忌〉（『餘日』）など。

澄雄は法然のことを、日本の名僧の中でももっとも好きな僧だと言っています。法然の底知れぬやさしさに惹かれたようです。

笹子は冬に藪で多く見かけるというので藪鶯とも呼ばれ、チッチチッチと地鳴きします。鶯の子供というのではありません。しかし「子」という文字が句の中で微妙に働いているのも事実です。法然さまを慕って子も来ているよ、という法然の徳の深さ、広さ、そしてなによりやさしさに通じているかのようです。表現もまた柔らかです。

第五句集『游方』の世界

すいときて眉のなかりし雪女郎

この句について思い出があります。雪の山中の鍛錬会に遅れて夜にやって来た女性をみて澄雄が即刻にその場で色紙に揮毫し、その女性に与えた句です。そのひとは慌てていたのでしょう、剃った眉に黛を忘れていたのです。まさに打座即刻の見事な挨拶句です。俳句の何たるかを直に学んだ思いがしたことを覚えています。

同じ年の夏だったでしょうか〈ねんごろに蟬の交《つる》みも見て旅す〉〈その時は「交むも」でしたが〉も鍛錬会場の庭木の蟬をみて、呟くように詠まれたました。雪女郎も蟬もその場で私の記憶に残った句です。

昼酒もこの世のならひ初諸子

澄雄の法然贔屓は前句集で述べました。この句の「昼酒もこの世のならひ」はその法然の問答集の、「酒飲むは罪にて候か」の問に「まことは飲むべくもなけれどもこの世のならひ」と答えた、法然の人を包み込むような優しさを踏まえています。「昼酒といって辞退するなよ、法然もこの世の習いと言っているではないか」といいながら〈火にのせて草のにほひす初諸子〉を肴にしているのです。

さるすべり美しかりし與謝郡《よさごほり》

「し」が過去の助動詞の連体形ですから、百日紅が美しかった与謝郡だったよ、と回想しているのです。

与謝は京都の北部、丹後地方の称です。与謝蕪村は母がこの地の出身で、蕪村本人もこの地の出身ではないかと考えられています。句にこの地名を用いたのはもちろんこの与謝蕪村の母の里ということを下敷きに発想されているでしょう。「さるすべり」とひらがなで表記したこともそのねらいに沿うもので、紅色の花色が母性にふさわしいのではないでしょうか。「美しかり」の一語にすべてを集約して託した句です。国誉めの句ですが、「美し」としか形容できない、いいしれぬ懐かしさを感じたのでしょう。

この句は文芸評論家の山本健吉に激賞され、澄雄の代表句の一つになりました。「美し」という主観語は俳句では敬遠されますが、類句を許さない強さがあります。また一読で覚えてしまう暗誦に耐える名句です。〈紺絣八十八夜来たりけり〉も同じことがいえると思います。

畑大根肩抜いてをり鳰のこゑ

おそらく琵琶湖の湖畔の畑でしょう。青首大根が育っていて、大根葉の付け根の部分(肩)が土より上に抜け出たように見えているのです。「肩を抜く」は責任をのがれる・負担をまぬがれることを意味する成語ですが、肩を出して湯にいる人のように大根が寛いでいるというのです。鳰の鳴き声は笑い声のように聞こえているのでしょう。嬉遊する自然界を描いたようです。

綿虫にかかはりゐたる宇陀郡

何故「宇陀郡」なのか、たまたま宇陀にいたから、ではありません。宇陀は大和政権時代から、つまり日本でももっとも古く県（あがた・直轄地）となったところ。そういう歴史的背景が豊かな土地に、悠久の時間を距てた詩的感興をしめしているのです。また「うだこおり」という音の柔らかさが綿虫とぴったりです。〈川もまた田植濁りや養父《やぶ》郡〉（『空艪』）など言葉の意味を膨らませた郡名の句が澄雄にはあります。

また、どうでもいいことにこだわることを「うだうだ」といいますが、綿虫相手にちょっと遊んでみるその気分にぴったりの「うだ」です。

あけぼのや湖の微をとる氷魚網

芭蕉の〈あけぼのやしら魚しろきこと一寸〉を踏まえての句です。杜甫の「白小」の詩にある「白魚は細微とはいっても水族として恵みを享け」という詩句を芭蕉は意識していたであろうと述べ、澄雄自身も「湖の微」は口をついて出た言葉だが、発想の根拠になっていたと述懐しています。澄雄の中では「詩語」を通じて、杜甫・芭蕉・澄雄という悠久の時間を距てたつながり（詩的系譜）が成り立っているのです。

この句、初案は〈あけぼのや湖に微をとる氷魚網〉だったようですが、「の」に推敲されています。

ぎんなんをむいてひすいをたなごころ

子供が宝ものとおもい大事にする、そんなこころの弾みを覚えます。銀杏のベージュ色の殻を剝くと茶碗蒸しに入っているあの緑色の実が出てきます。玉石の比喩が巧みな上に、すべてひらがな表記であることでほほえむような優しさが感じられます。

こほるこほると白鳥の夜のこゑ

「こゑ」もしくは「聲」と直接詠み込んだ句がこの句集には5%ほどあります。ほとんどは鳥の声ですが、中には〈よきこゑにささやきゐたる古女《ごまめ》かな〉〈仏像をあまた見たれば蝌蚪にこゑ〉〈蛤や少し雀のこゑを出す〉などと声なきものに声を与えています。そんな中で掲句は白鳥の夜中の鳴き声です。「こほるこほる」は擬声語ですが「凍る凍る」でもあります。かつて〈除夜の妻白鳥のごと湯浴みをり〉（『雪櫟』）の句があったことを覚えておられる方も多いと思いますが、「凍るように寒いね」という妻の姿をイメージしたと思います。「こほるこほる」のくぐもるような響きは互いの羽根に入れ首をして呟いているような、夫婦和合の声です。

「除夜の妻」の白鳥の句からおよそ四半世紀が過ぎた「こほるこほる」の白鳥の句です。年月が経過しているのだから当然かもしれませんが、澄雄の詠みぶりがおおきく変わっていることに気付きます。思いをぎゅっと圧縮した、詰屈した呼吸の前詠句に比べ、後の句は深々とか、広々とか、ともかくおおらかにゆったりしてきています。半分の呼吸数で二倍の空気を吸収しているような趣です。

このことは単にこの白鳥の句に限らないことで、このころの澄雄の句全般に言えることです。対象を一旦身の内に取り込んで大きく息を溜めてから、やさしくふっと吐き出す。対象の大きな呼吸に、自らも大きな呼吸で息を合わせる句とでも言いましょうか。

最澄の山餅啣へたる犬に逢ふ

一匹の赤犬が径二十センチほどの大きな餅を啣《くわ》えているのに出くわしたときにとっさに浮かんだ句だったといいます。正月どこかのお堂にでもお供えされている鏡餅を咥えていたのでしょう。

澄雄が一番敬愛していた僧は法然でしたが、その法然も比叡山延暦寺で修行をした一人です。その叡山を開いたのが最澄です。澄雄が宗教家に惹かれるのはその教義に魅せられて、ということよりもその人間的魅力によってでした。「解脱の味独り飲まず」という最澄の心願、その最澄の心願が叡山全体にいまも生きているのではないかと、犬を見たとき思ったのです。

解脱して心的自由を手に入れたとしても、己のためではなく俗世の人々のために働くのだ、という最澄の心願がこの赤犬にまで生かされていると感動したのです。最澄の底知れぬやさしさに触れたと澄雄はきっと思ったのです。

火にのせて草のにほひす初諸子

炭火でこんがり焼いて生姜醤油で熱々をいただく諸子です。諸子の焼ける匂いが草の匂いだというのですが、魚そのものの匂いや湖の匂いではなく、「草のにほひ」だという意表をつく把握です。小さな命の生き物に想いを寄せる把握です。

よく晴れておのおのに臍一位の實

一位の木の実。甘くて食べられるあの実です。どの実にもどの実にも臍のような凹みがあるというのです。小さな子が丸々した腹を放り出しているような明るさがあります。ところで「臍」は「へそ」「ほぞ」どちらでしょう。濁音はふさわしくないと思います。

風呂吹や忙は心を亡ぼすと

忙という漢字は立心偏（忄）に亡ぼすと書いて忙となる、という漢字の組成についていっていますが、「忙しいということは心を亡ぼすことだ」とも、もちろんこちらがメインですが、言っているのです。〈山茶花や忙しきことは羞づかしと〉の句もあり、これは往年の大女優高峰秀子がテレビで言った「忙しいってはずかしいことよ」の言葉が胸にこたえて詠んだといいます。〈雪の木賊今年飲食忘れよと〉〈今年は生活のために働くということを忘れたいと〉の句もありますように、原稿料を稼ぐための仕事も多く、多忙を極めた年であったようです。

わが身を顧みて、これでは詩心も枯渇してしまうという不安があったのでしょう。

大年の身のはなれよき笹鰈

『游方』掉尾の句。鰈全般、身離れがよい魚ですが、年も押し詰まった大晦日にきれいに食べることができ、気持ちよかったのでしょう。

〈無事は是貴人といへり蕪蒸〉の句もありますが、句はこちらが上。ただ、掲句は今年もまた「無事」であったことを自身で寿ぐ体です。平穏にこころが満たされていく大年です。

さて、「あとがき」によれば句集名の「游方」は「修行して寺々を巡る謂」。ただ修行の意を抜けば、この句集の三年間多く旅に過したことが「游方」に通じる、と。次の句集『空艪』にこんな句があります。

土筆出て遊び遍路と申すべし

この土筆に目を向ける「遊び遍路」が「游方」のこころに近いと思います。そして以前、小さな我をすてて分別を越えれば、燦燦と輝く虚空を詠めるのではないか、と考えた澄雄が今は、虹が空を彩ることがあっても跡形もなく消えてしまうように、句を詠んで彩ったとしてもそれもまた跡形もなく消えてしまう、と考えるようになっています。

これは俳句を詠んだところで虚しいという、虚無ということではありません。「蹤跡なし」の俳句に生きるという覚悟の問題であり、同時に、燦燦たる虚空・蹤跡なき虚空を包み込むもの、虚の認識を予感させるものなのでしょう。

第六句集『空艪』の世界〈上〉

句集名は「からろ」と読みます。艪を水に浅く入れて漕ぐ意味です。昭和五十五年の『游方』につづく句集ですが、句集の最後にあたる昭和五十七年六十三歳の秋に脳梗塞を患い、一部に麻痺の残る身となります。この句集名はその意味で象徴的です。

澄雄はいつのころからか年末年始に句を詠むことを自らに課していたようです。単にけじめということではなく、時間という流れの中にわが身を浮かべているという、具体的な確認であったように思われます。

旅寝して息つめてをり去年今年 55年

ゆく年を惜しむ長巻山水圖

みづうみのたぶたぶの音年過ぎし 56年

年越しの密《みそ》かのこゑや餘吾の鳰

湖際に竹瓮《たっぺ》あげある初景色　57年

「長巻山水圖」は雪舟の「山水長巻」（「四季山水図」とも）。山口、毛利博物館蔵です。「餘吾」は余呉。これらの作品をみても、やはり旅に年末年始を過ごしていたようですが、五十七年の年末は

蓬莱に寝かされてをり年を待つ

と。正月の蓬莱飾の置かれた部屋に寝かされて、脳梗塞の予後を家居で養っていたのです。句集『空艪』はその肉体的に転機を迎えた記録といえます。澄雄の病気については後編〈下〉で再び触れることとします。

箸つけぬ古女《ごまめ》の歯ぎしりきこえけり

古女は田作のことですが、「ふるおんな」と読む時は年老いた女の意味です。また「古女の歯ぎしり」は「非力なものの無駄な空威張り」をいいます。句は男に去られ、世の男

性に見向きもされない（「箸つけぬ」）年増女の、くやしがる悋気の歯ぎしりを聴いたという、遊びの句です。

こときれししるしの右手涅槃像

涅槃図には、頭は北、顔は西向き、右脇を下に臥すというのが決まり。像も同じでしょう。涅槃に入るときの様子ですから、釈迦は、正確にいえば生死の境にあることになります。澄雄がどこでどんな涅槃像を見たのかわかりませんが、句は、頭を支える右手は死んだことを示しているというのです。半口半眼、薄目を開けて微笑んでいるようにも見え、姿も端然としてまるで生きているかのような釈迦の涅槃を見極めようとしています。

観音の腰のあたりに春蚊出づ

観音は現世利益があると信仰を集めた仏です。三十三の変化身があるといわれ、その名称も姿も様々ですが、女性的なやさしさを感じさせる像が多いのではないでしょうか。その腰のあたりから春の蚊が出てきたというのです。裸か薄衣をまとっているかその腰のあたりをプクリと螫して、さて観音は痒いか痛いか、もっと血をあげると思っているか、観音の慈悲の内にあることは間違いありません。生きているかのように、エロチックな艶めかしさをただよわせる句です。澄雄に仏像を敬う意識は無いように思います。前句の涅槃像も観音も自分たちと同じ生身の存在、と思っているのではないでしょうか。

山吹の黄金《くがね》とみどり空海忌

山吹を分解して、花の黄金色と葉の緑とにその特性を見極めているのですが、それと空海とどうかかわるか、です。山野渓谷に自生する低木ですから、四国の山野での修行時代の青年空海を思ったのかも知れません。私は、黄と緑のきっぱりした花の在り様に空海の潔癖な一面を見たのではないか、と考えています。句は単に山吹と空海忌だけ。相当なテクニックを持っていて初めてできる単純化です。

顔上げて蛇も風當つ高野みち

蛇が周囲を確認するために鎌首をもたげたのが実景。それをみて、草叢を這っている蛇も暑さにたまりかねて首をもたげ、顔に風を当てて涼んでいるよ、ということ。ただし、場所が高野道。涅槃にも参ずる蛇ですから、弘法大師空海を慕って高野に参詣する途中の蛇でしょう。涼風があれば歩を止めて涼む参詣人のように、蛇も涼んでいるのです。勿論澄雄も高野を目指しているわけです。さりげなく「も」が働いています。蛇はとりもなおさず澄雄の自画像でもあるわけです。

冒頭に澄雄の時間意識に触れましたが、時間だけではなく生きものが同じ空間に同じ存在として同じ思いで生きている、という意識ともなっていると思います。

烏猫糞《ま》るに目くばり花茗荷

烏猫は毛も肉球も髭も黒い猫（希少）。猫好きの方には見慣れた猫の仕草です。これも人間臭い猫の句です。

名月の杖となるべき藜の穂

名月に照らされた藜《あかざ》を詠んでいます。その藜は「杖となるべき藜」だ。藜は人の背丈以上に成長するものもあり、その茎は乾燥させると丈夫な杖となります。芭蕉も愛用したと伝え、義仲寺にはその芭蕉の杖なるものが残っています。「藜の杖」は軽くて用いると中風にならないといわれました。「杖となるべき藜」とは「杖となるはずの藜」という意味です。

月光の中にあるものは藜だけ。注目すべきは、澄雄は無理も理屈もなく、藜は杖となるべきものと感得している点です。これが藜のあるがままの姿だと受容しているのです。将来翁媼の支えとなる杖が藜本然の姿、先天的に賦与された性質、天・造化が与えた性質だと。

きらきらと鶏頭のこゑとどくなり

昼の句とも夜の句とも何とも得体のしれない句です。「きらきらと」は「とどくなり」を修飾しているのですから、聴覚が視覚に置きかえられて、まるで光の煌めきのようです。鶏頭から発せられる、あるはずのない「こゑ」が澄雄に届く、という事なのですが、このようにいわれてみるとなんだか、この世のことではないように思われてきます。何処に届くかと問うこと自体が愚問に思われます。声は届くべきところに届いているのです。〈鶏頭をたえずひかりの通り過ぐ〉（『浮鷗』）がすぐに思い浮かぶ句ですが、「ひかり」にははっきり対象を見詰める澄雄が存在して鶏頭と向かい合っています。この「こゝろ」の句には澄雄の存在は消えているかのようです。

こころに見える光景を詠んでいるのです。

千両や一夜の雪に寺の變

この句、初案は〈千両や一夜の寺に雪の變〉でした。それが雑誌の合評欄でとりあげられ、掲句の形で論じられました。寺に雪が積もり景色が一変したという初案から、雪によって寺に事件が起こりました、となりました。原句を間違えて評するなど失礼なことですから本来抗議することですが、澄雄はこの間違いを喜びました。そして掲句のかたちで句集にも収録しました。にやにやしながら語った澄雄の笑顔を覚えています。「本能寺の変」という史実がありますが、「寺の變」でドラマチックな要素が加わったからでしょう。

このころから神がかり的としか言いようのない取り合わせの句が多くみられるように思います。神がかり的というのは、理屈では説明がつかない、人の計らいを越えた、それでいてそれ以外にはないとおもわれる取り合わせです。たとえば〈土筆出て遊び遍路と申すべし〉〈足の豆つぶして旅やあやめ草〉〈雨ゆゑに泊りを重ぬ矢の根草〉のようにです。なぜ「土筆」「あやめ草」「矢の根草」でなければならないのか。

澄雄の取り合せは〈丹波より京に入るなり藤袴〉のように、京に入るのに衣装を整えたのだというような、仕掛けが見てとれるものが多いのですが、「土筆」などのこういう発想の飛躍ともいうべき頂点の句は

雁やのこりしこゑの水松《いちゐ》の實

声が残っているという発想がすでに優れていますが、なぜ雁と水松なのか、水松の實を見て雁の声がここに残っていると見立てたと言ってしまえばそれまでですが、実の形の凹みから口、声へという連想はわかっても、雁と水松の関連は見えません。雁と水松の出会いは不思議としか言いようがありません。「不思議」、これもこころで感得する世界なのでしょう。

私は『空艪』が澄雄の大きなピークを築いた句集だと思っています。

年寄の羽打ちつれたり常楽会

常楽会に向かう二人連れの老人でしょうか、まだ寒い時期です。防寒のショールなどが風にはためく様が鳥がはばたくように見えたのでしょう。

妻いつか白髪ふえたりいかり草

妻もいつの間にか老いたということなのですが、花の名は花の形が船の錨に似ているところからの命名です。何時しか老いている妻をみて、「時間よ、止まれ」と妻に流れる時間を錨で留めようという思いがあるでしょう。もうひとつ、妻をも老けさせてゆく「老い」というものの容赦ないことを怒っている「いかり」でもあるでしょう。

老人に天行の健牡丹咲く

天体の運行が健全である証拠のように季節が巡って、そうなるべき時となり、美しい牡丹が咲いて、この老人の目を楽しませてくれることだ、ということ。言葉は露骨ですが、これも「不思議」を捕捉した句でしょう。

涼しさを添へてもの言ふ夜の秋

「涼し気な声」はその響きが軽やかな聞きやすい声である様子ですが、そういう声ではありません。また、そ知らぬ顔を「涼しい顔」といいますが、そういう顔で言ったということではありません。

「涼しさを添へてもの言ふ」とは、妻が自分に話しかける一言二言に、夏の暑い夜にかすかに忍び寄る秋の気配がそなわっているということです。「空気のような」という比喩が老夫婦に用いられますが、まさに妻そのものが「夜の秋」なのです。

詠まれているのは極めてありふれた夫婦の日常生活の一コマです。そこに大きな天体の運行、造化の不思議が詠み込まれています。

第六句集『空艪』の世界〈下〉

猫も手に頤のせてをり秋の暮

秋思のポーズの猫。作者自身もそうしてもの思いをしているのです。日常見かける猫の仕種を捉えた愛らしい小品です。〈うつむいて睫毛のながき毛糸編〉〈筍を掘つてゆがいて晝に酒〉こんな小品も鏤められています。

草紅葉鱮《たなご》といへどもみづりぬ

鱮は鮒に似て鮒を小型にしたような魚。目高より大きいとはいえ、小魚です。万象紅葉と化するなかで、水中に暮らす鱮まで紅葉化は及んでいるということです。直近に〈みづうみのいろくづ鮒ももみづりぬ〉がありますが、同じく婚姻色となったことを「もみづりぬ」と表現しています。掲句は地上の景「草紅葉」を加えたことで、陸と湖とを丸抱えにした大きな空間を捉えています。

年三日餘して宇陀や炭を焼く

年も押し詰まった二十九日。例によって澄雄は旅に。奈良の宇陀郡です。炭焼きは冬がシーズン。一旦火を入れると三日は火の番と聞きます。そして窯から取り出して土をかぶせて炭に仕上げてという重労働が続きます。

宇陀という土地が炭焼きをしているかのような句です。

大年を湯氣でけがしぬ鴨の鍋

宇陀にいた澄雄は琵琶湖へ。奥琵琶湖の尾上を定宿としていました。〈鴨食ふや湖に生身の鴨のこゑ〉（『鯉素』）という定宿です。句は鍋から盛んに湯気がたっている様子です。澄雄は狩猟を楽しむというような、むやみに生きものを殺す人ではありませんでしたし、かといって菜食主義者でもありませんでしたが、明日は新年という時に食われる鴨のいのちを思い、殺生ということをふと思ったのかも知れません。湯気が大晦日という日を穢すという発想がすごいと思います。白濁はするもののたちまちに消えて行く穢れです。

西行忌斑雪の山を見てゐたり

石田波郷の〈ほしいまま旅したまひき西行忌〉のように西行の生涯に想いをめぐらせた句を詠むのが普通かと思います。澄雄の句は西行を思い慕う心は内に鎮めて、山肌のところどころに雪を残した山を眺めている、という句です。西行忌と斑雪山とがどう関連するのか、そういう理屈を超えてつながり合っているのです。

次の句もそういう分別を超えて味わうべき句です。

雛の間を寝間にもらひぬ熟睡しぬ

誰かの家に泊めてもらい、雛を飾る部屋を寝室として提供されたのです。すると雛のおかげか、ぐっすりと眠ることができたのです。その家の主人に対する挨拶も含んでいる句ですが、なんともお伽噺のような句です。

大日の額に水晶晝蛙

白毫相と呼ばれ、眉間に生えている白い毛が右巻きに丸まって黒子のようになっているもので、光を放つとされることから水晶が嵌めこまれることが多いようです。仏が超人であることを示す三十二相の一つです。

大日如来と繁殖期にあって昼も鳴き交わす蛙と理屈では結びつきません。仏が蛙たちを見守っているのだという理屈は人知の計らいであって、白毫と結びつきません。

水入れて近江も田螺鳴くころぞ

田に水を入れ近江では田螺の鳴く頃となったよ、ということ。田螺は鳴きません。ですから句は近江では田植えの準備に取り掛かっているという事だけです。特に何もいっていません。不思議な句です。

春山に居り春山に對しをり

これも春山に居て春山を眺めている、というだけの句。

私はこのころの澄雄の句はたどり着くべきところにたどりついたのだと思っています。悠久の時間の流れの「今」という一点に於いて、近江であり春山という「所」に存在する「いのち」としての句。

西行忌に斑雪山にいることも、雛の間に寝かされることも、仏と蛙の出会いも、自分の計らいを超えたことです。そういうことの中に自分の「いのち」がある、澄雄はそのことを句にしているのです。

ここで地名を詠み込んだ句をあげていきます。

日永さの海よりすなり伊勢參り

川もまた田植濁りや養父《やぶ》郡

紀の國に闇大きかり鉦叩

ねばりよきとろろを伊賀に初月夜

秋澄むや湖のひがしにもぐさ山

第一句。渥美半島の西端の伊良湖岬から、日永さの伊勢湾をフェリーで渡って鳥羽へ、そこから伊勢参りをするルート。のんびりくつろいだ気分の伊勢参り。第二句。兵庫県北部の地。父を養うとは、孝行な若者がいそう。田の濁りが川にまで。第三句。高野山地の深い闇を抱えた紀州。熊野参詣や高野を背景に鉦叩は動かない季語です。第四句。芭蕉の生地伊賀上野。とろろにうずら卵を落した風情があります。第五句。もぐさは艾。お灸の艾を多く製したことから伊吹山のことです。琵琶湖から見て東にある山です。どの句も大きな空間をゆったりした呼吸で詠んでいます。

をとこをみなのこの世をほむる盆の唄

盆の唄には男女の恋愛を歌う歌詞が多いようです。この男女の世がよいと褒め称え肯定している点に、いいしれぬこの世のやさしさをおもったのでしょう。若いころを思い出して懐かしんでいる口調とも読めます。

数珠玉や歩いて行けば日暮あり

数珠玉の生えている川沿いにでも歩いていたのでしょう、こんなところに数珠玉があると思いながら歩いていると日が暮れた、ということです。数珠に重い意味を持たせる必要はないと思います。

この澄雄を病魔が襲います。「脳血栓にて入院」と前書の句。

病床にわれもさながら逆髪忌

逆髪《さかがみ》は逆立った頭髪。寝ていて手入れをしない髪のままでいる自画像です。「逆髪忌」は、髪が逆立つという異常を負う「逆髪」が盲目の弟蟬丸と逢坂山で身の不運を嘆く「蟬丸」という能がありますが、その虚構の人名。自分はそっくりそのままその逆髪だという、自虐的な句。

麻痺ありて呂律の亂れ秋ざくら

脳血栓は澄雄に半身の麻痺と言語障害をもたらしました。秋桜の揺れやすい様子が言語障害の自分の姿と重なります。

鶏頭やいのちまたけきものを讃む

さはやかやことに黒子《ほくろ》の看護婦は

自分とは対照的な健全な健康な命の讃歌です。

遮莫《さもあらばあれ》秋水に顔寫り

萬兩やつねのこころをたひらかに

自暴自棄の句とも見えますが、なるようにしかならないという、自分の運命の積極的な肯定です。

いきなり病魔に襲われたことに対する憤りとか、今後すべきことへの焦りとか、いろんな心理が去来したはずです。運命を肯定するなら平常心をやすらかに保ちたいというのが願いであったでしょう。

おのが息おのれに聞え冬山椒

食用には向かない冬山椒は己の姿で、その自分を見ているもうひとりの自分がいるイメージです。

侘助にひとりの聲の體操す

侘助を相手に麻痺した肢体と言語障害のトレーニングです。そのリハビリの様を再現して「杉」の集いで笑わせたことを覚えています。

蓬莱にねかされてをり年を待つ

新年の蓬莱飾りのある部屋に、ということですが、蓬莱山に、とも受け取れます。体の自由の利かない身を仙境に寝ているとおどけたとも、考えられます。

病気は澄雄にとって大きなショックだったことは間違いないでしょう。澄雄は一人間として生きているから、生を断念することがないし、そのことを根底にした俳句人だから、俳句を断念することもありません。

澄雄が三島由紀夫の自裁を知った時に「文学者の死に方ではない」と苦々しく嚙み捨て

るように言ったことを覚えています。澄雄には何よりもまず人として生きることが根底にあったのです。その生きる証が俳句であったわけです。だから、覚悟を決めたとか、生に執着したとか、そういうことではなくて、生ある限り俳句を詠み続けることができたのだと思います。澄雄は自身で「俳人」と名乗ったことはないと思います。

それでは人間を句に詠むのかというと、そういうことではありません。人間関係の彩や複雑な心理などを表現するのは小説にまかせて、自分も含めた人の暮しを表現しながらその人の暮しを包む大きな世界を俳句で詠うことができると考えていました。現実の光景を捉え切り取って句にするのですが、現実の描写にとどまってしまえば、単なる風景にとどまります。澄雄はその現実の風景を詠みながらそれをつつみこむ大きなもの、遥かなるものを詠もうとしたのです。人間の生死は何処からきて何処へ行くのか、誰の背景にもその大きな時間の流れと空間があるはずだと。

その背景とは造化とか虚と名付けられたもののことです。人間は全知全能だと信じている人には理解されないものです。それなら具体的に示せといわれても困るものです。喩えるなら、人間も含めた自然に対して感じる神秘の先にあるもの、ではないでしょうか。そしてその自然の存在する不思議に思いを致すことが造化随順ではないでしょうか。

そして自分自身が「もの」となんら変わらないのだ思い至るに及んで、万物が「もの」であり同時に「不思議」である、という思いに至るのではないでしょうか。おそらく病前、澄雄はそこに達していたと思います。

第七句集『四遠』の世界〈上〉

澄雄は前句集のときまでは、旅をする中で句を詠んできました。旅の中で自然を見、人間を見、習俗や歴史も見て、それらすべてが旅の風景となる。その中で日常生活の中では見失っていた自分を見出し発見して、そこから句が生まれて来ていたのです。単なる風景を詠んで来たのではありません。とはいえ「旅」が大きな意味を持っていたことは間違いないでしょう。

『四遠』は前句集『空艪』から三年間の作品を収めた句集ですが、「この間、時に湯治など小さな旅をこころみたほかは、おほむね療養に専念した」と「あとがき」にあるとおり、四方遥かに遠いの思いからの集名です。以前のように、「旅」に出て、という句作りは肉体的に無理と思われる状態になったということです。旅が思うにまかせなくなった澄雄は句材を句の発想をどこから得るようになったのでしょう。今までの旅によってたくさんの蓄えものがあり、たくさんの抽斗を胸に持っていることは間違いないでしょうが。それを考えてみるのが『四遠』の楽しみです。

『四遠』は次の句から始まります。

屠蘇雑煮今年もっとも畏みぬ

「病後はじめての新年」と前書がありますが、前句集『空艪』の最後の年に脳梗塞で倒れました。その後初めての正月です。『四遠』「あとがき」にも「『空艪』の巻末近く昭和五十七年九月脳梗塞に倒れた。さいは ひ軽く、今は右手に多少の不自由を残すのみでほとんど快癒したが、」とあり、この後に先ほど引用した言葉が続きます。

その年まで年末年始を旅に過した澄雄にとってまさに「もっとも畏」む正月だったでしょう。

鳥帰るところどころに寺の塔

澄雄は寺を訪れた時、寄進瓦があれば必ず寄進することにしていたそうです。昭和五十八年にも飛鳥の法輪寺を訪れ、たまたまできたこの句を瓦に書いたそうです。句は一幅の絵のよう。画面の下方にいくつかの塔。遥かに山並が見え、中央より上空を鍵になって引いていく鳥。空白のほとんどが空。そんな構図が浮かびます。

暮れたれば影となりぬる春の山

日が暮れたら陰になる、何を当たり前のことをと思われるかもしれませんが、一日に何度も折に触れ、春らしくなったと眺めていた山が、日が暮れると影となった、というのです。昼に眺めていた春山の景と暮れて影となった山の景との二重写しの光景。昼に眺めていたあの山が、ということが前提の「暮れたれば」です。春のひと日を惜しむ気持ちです。病気で一日山を見ていて、当たり前のことがありがたく見えてきたのでしょう。

しづけさのおのれに咽び秋曇

静寂があまりにも深いので、息が詰まりそうになり、咽喉を詰まらせ咳き込むような感覚です。それが秋曇に通い、季語は動きません。

自分の身辺に何も起こらないし、心も平穏である静かさと秋本来の静かさが自分の身を包んで、静けさに咽ぶわけですが、ここで澄雄は「おのれ」という言葉を用いています。この句集『四遠』では、前半「おのれ」が、後半「われ」がそれぞれ圧倒的に多く用いられます。この自分自身という二種類のことばの使い分けに、澄雄の意図が働いていることは間違いないでしょう。（下）で確かめたいと思います。

かへりみればひと日まちゐし栗の飯

「今日の夕ご飯は栗ごはんにしますね」といわれていたのでしょう、そのことを気にかけていなかったようで夕ご飯に向かうと今日一日この栗飯を心待ちにしていたんだなあ、ということに気づいたのです。平凡な人間の思いを平凡に詠んだ句です。一年後〈栗飯や晴のこころのつづきをり〉とも詠んでいます。一日晴れた日の気分がそのまま夕飯の時まで続いている、というのです。これも当たり前のことを詠んでいます。〈しづけさのおのれに咽び秋曇〉もそうですが、澄雄は自分自身を見つめ、自身を句材としています。

ゆく年をゆかしむるなり牡丹鍋

以前は〈年過ぎてしばらく水尾のごときもの〉（『花眼』）、〈みづうみのたぶたぶの音年過ぎし〉（『空艪』）のようにゆく年を客観的にみようというところがありました。つまり自と他の峻別があった。この句は、「年よ、おまえはお前で行きなさいよ、俺は鍋をついているから。」完全に客体である年と一体となった世界です。

ぺんぺんをなづなと言ひて少女さび

澄雄が「ぺんぺん草を知らないのか、薺のことだよ」と教えたその相手は当時三十代後半であったと思うが、あいらしい乙女の雰囲気を持つ、澄雄の豊島高校の教え子でもある湊淑子氏。岐阜鍛錬会の始まる前の吟行でのこのエピソードを澄雄が、まことに嬉しそうに、また、あどけない愛弟子をいとおしむように、披露しました。

人も我もたのまず暮春の磧《いしがはら》

広々とした何もない空間の中で、石磧に立って「人も我もたのまず」という気分に。孤独感に違いないですが秋の暮ではなく暮春だから、寂しさはありません。人も我もいない状態で立っているという感覚。自足の感覚といえるかもしれません。澄雄自身の内面を見詰めた句。

悦楽か怡《い》楽か桃の花ざかり

悦楽も怡楽もよろこびたのしむこと。桃の花をながめながら桃の心を推し量っているのだが、それはとりもなおさず桃の花を見て喜んでいる自分のこころです。前年には〈それを見にとんぼがへりや桃の花〉〈ありと言へば闇夜もよろし桃の花〉と見えなくても躍らせるこころを詠んでいた澄雄です。またこの句の直前には幼い男の子がちんぽこを放りだして小便する〈をさなきをみせてゆまるや桃の花〉という可愛らしい句があります。紅梅好きの澄雄ですが、桃の花にも相当愛着心があります。

ただ着物きせられてをり宵祭

季語の本領をつかみながら、自分のその日のありように即してそのまま句にしています。祭に行く前に着物を着せてもらう、その幼いころの心の弾みを懐かしく思い出しながら、肢体不自由な今、その心の弾みもない、ただ着物をきせられているだけ。こういうふうに祭を思う人もいるだろうな、誰も詠まなかった祭だ、と思います。

牛蛙鳴いてをるなり大祓

奈良石上神社の夏越の祓を受けた時の句。形代の名前を書き、神官を先頭に茅の輪をくぐり、形代を布留の川に流す。その茅の輪をくぐるときに近くの沼から牛蛙が聞こえたと。牛蛙という固有名詞の面白い句です。

人に言はずひぐらしきけばながらへし

「八月十五日」の前書があります。句は上五で切れていると思います。切れは、戦争体験は人には言わないのだと、きっぱりと決意（思い、意志、大げさにいえば思想）を示しているだろうと思います。「ながらへし」は生き永らえたこと。生きてこの世に長く居るという思いです。「し」の過去の表現ですから、戦後四十年を思いがけずも生きたという思いでしょう。

いくらかはおのれ涼しみ苧殻焚く

「苧殻焚の句としては他に類例をみない全く斬新な句。主宰の詩心のますます旺盛なことは頼もしい限りである。さて掲句、さみしさとも違う。悲しみとも違う。まして人生無常などと観念しているのとも全く異なる。精霊を迎える火を、いくぶんかは自らを温めるために焚いているというのである。幽明界の人とひっそりと苧殻火を囲んでいる趣きであり、鬼気迫る、まさにその感じであるが、盆会を存在の根底で把握している。」とこの句が発表された時に鑑賞を書きました。今も変わりません。

むらがりて一つのこゑの曼珠沙華

この句、初出は〈かたまりて一つのこゑに曼珠沙華〉でしたが「かたまりて一つのこゑの曼珠沙華」と推敲。句集にはさらに〈むらがりて一つのこゑの曼珠沙華〉に推敲されて収録されました。多くの人か生きものが集まる感じが生まれました。そうすることで「こゑ」が音ではないことが実現しました。どんな声か、ともかく生きものの声です。肉声です。曼珠沙華が声を出すわけがありませんから、澄雄の心が聞き取る声です。だから心を句にしていると言えると思います。

おのれいまおのれのなかに草紅葉

〈おのが息おのれに聞え冬山椒〉（『空艪』）がありました。茶褐色や赤褐色に草が枯れた色を呈し始めたころでしょう、そんな原っぱに佇んで「おのれいま（自分はいま）おのれのなかに（自分の身の中に）草紅葉」を感受しているのです。つまり眼前の草紅葉のように、枯れ果ててしまおうとしている老いが兆し始めているというのです。そんな心と肉体とが一体化した句です。

〈しぐれつつ我を過ぎをりわれのこゑ〉（『浮鷗』）〈水のんで湖国の寒さ広がりぬ〉（同）のように、身が溶解して外界と一体化する感覚がかつて詠まれていました。この『四遠』でも〈秋山と一つ寝息に睡りたる〉と山との一体化が詠まれています。

澄雄は自分の生活を詠うことから出発しました。『雪櫟』がそうです。そして、旅をする中で自我というものの小ささに気が付いた澄雄は自我を捨てて自然と向き合おうとします。『花眼』『浮鷗』のころです。そして自分を虚しくすることで大きな自然を捉えるようになりました。『鯉素』『游方』の時代です。そして自分を超えたところに一切の計らいのない自然を見たのが『空艪』でした。わたしは『空艪』はそれまでの集大成であると見ています。

その澄雄に病気が見舞いました。「旅」という澄雄にとっての俳句の手足を奪われたそのことで、澄雄は自分と対面せざるを得ないことになって、自分自身を詠むことが増えてきました。

「草紅葉」の句は、己を虚しくしている流れの上にあるのですが、これはまだ個我を見つめて詠んでいるといわれても仕方がない段階と思います。

『四遠』は澄雄俳句が転換していく、ターニングポイントになる句集です。

第七句集『四遠』の世界〈下〉

秋山と一つ寝息に睡りたる

山とわが身との一体感。「山眠る」は冬の季語ですがこの句の山は、夜になると眠る山です。山のように静かにどっしりとした感じで、自分も熟睡しているのです。山との一体感は、自然との一体感でもあります。自分も山と同じだ、自分も自然の一部だ、ということです。

この句と比較する目的で、次の句を挙げます。

枯れたれば顎重たしといぼむしり

季語は枯蟷螂、冬の季語です。たとえば後藤夜半の〈枯色が目よりはじまるいぼむしり〉

という句と比べて蟷螂自身に語らせている点が違い、蟷螂の心境に立ち入っている点も違うのですが、対象の蟷螂を明らかに客体としている点は夜半の句も同じです、そして前「秋山」の句と違う点は対象と同化はしていないという点です。しかし全く同化していないかというと、次のようなことは言えるでしょう。枯蟷螂は年老いた澄雄自身。命を支えた顎が重いとは、戦中戦後を生き抜いてきた自分自身の感慨と重なるでしょう。

日短かと言ふつぶやきに冬至あり

ちょっと複雑な構成の句です。「日が短くなったなあ、そういえば今日は冬至か」と誰かが呟くのが聞こえたが、その呟きそのものに冬至がある。暦が巡ってきたから冬至になるのではなく、そうつぶやく人の生活（人生）実感に立脚して冬至はあるのだ、ということ。自然の運行と人の営みとが一体となっている、そのひそやかな暮らしぶりに心を動かされたのです。

次の句集の『所生』の〈妻がゐて夜長を言へりさう思ふ〉へと発展する句だと思います。

かんむりの田皃のをるや初景色

たとえば「初冠《ういこうぶり》」。貴族社会の男児の成人式で、子供の髪型を成年男子の髪型に改めて冠をかぶる。たとえば「戴冠式」。国王や皇帝が即位し、正式に王冠を戴く。一方、田皃はというと、頭上に「冠羽」をもつ。それが「初」のめでたさに通うのです。

初点前ゆたかに膝をまはしけり

澄雄夫人が澄雄を正客とした初点前。主人（夫人）が肉付きのよい膝を、ゆったりと廻したことにめでたさを感じたのです。晴れ晴れとした句です。

億年のなかの今生実南天

大宇宙のはるかなる時の流れ、億年。その流れの中の、この世に生きているほんの一瞬のような間、南天の赤い実を愛でながら、生れ死んでゆくのだということ。哲学的な生硬な思想を突き付けられた思いがします。発表当時から評判がよかったようですが、上等の句とは言えません。

紅梅を見てゐて息をしづかにす

作者が初心者なら、「見て・ゐて・す」は要らない、紅梅と息静かだけで一句に、と指導されるような句。あえてこう表現したのには、澄雄の意図があったはずです。

紅梅を見ていて紅梅が静かに息をしていることに気づく。すると自分の息の荒さに気づき、恥ずかしくなる。自分も紅梅のように静かに息をしよう。――肉体の動きと精神が一致し一枚になっている、あたらしい世界。

歎けるを描きて寧し涅槃圖は

涅槃図は釈迦の入滅を嘆く人間や動物たちが取り囲む構図で描かれます。ですから悲しみに満ちた絵図と思われます。が、澄雄は安らかだと。絵図から慟哭は聞こえて来ず、安らかさに満ちていると。死をも安らかと思う澄雄の心の反映です。

朧にて寝ることさへやなつかしき

「さへ」――寝ることよりもはるかになつかしいことって、何。寝食を共にする、という言葉もあるように、日常生活で欠かせないことがら。食べたり飲んだり、話をしたり楽しんだり、日常生活のもろもろのことがなつかしいのでしょう。もちろん、寝ること自体にもこころ惹かれるのです。

目ひらきて櫻吹雪の中にをり
寝ねがてに千の耳もち櫻の夜

「目ひらきて」がすごくて凄まじい。この後もう何度桜を見ることができるか、今この桜吹雪を見逃すまいと切実な思いがあるのです。また寝床に入ったもののまだ寝付けないでいて、目で見れない分全身を耳にして桜の声を聞こうとしているのです。

「雪月花」の花。西行の身も心も奪った花。

はるかまで旅してゐたり昼寝覚

「はるか」は、「遠くまで」旅をした思い出の地を再び旅しているということではありません。「はるかまで」は単に水平的距離ではなく、具体的な場所を指すものでもありません。時間も空間も超えたところでしょう。

この「はるか」をどこと考えるかにこの句の解釈が関わっています。一般に多いのはあの世（黄泉・賽の河原）。わたしはもう少し穏やかに考えます。句のリズムが緩やかで優しいから、天国・極楽と。〈寝返りて雲変りゐる秋昼寝〉という静かにしんみりした句もあります。

しづかさの背骨にしづむ大暑かな

不思議な句です。「しづかさ」が背骨にしづむとも「大暑」が背骨にしづむとも解釈できます。予後を養ってひとり寝ているその背骨に静かさが沁み込んでゆく大暑の日だとも、厳しい暑さが静かにひとり寝ている背骨に沁み込んでゆくとも。どちらであっても、自分の肉体と精神を見つめていることに変りはありません。

送り火や帰りたがらぬ父母帰す

鬼籍にありながら人間的心をもった父母。生身の人間臭さのある父母。この世に戻ってきている父母をあの世に送り返すという「送り火」という習俗。季語を通じて自分の心の襞を見ているのです。

部屋ぬちも澄みていちにち湖の宿

湖の澄んで爽やかな空気が部屋にも満ちている、その部屋が心地よくて一日部屋で過したことだ、ということ。この句に並んで〈湖の晴きのふにつづき秋櫻〉があります。しかし実際には淡海に行っていないと明かしている句です。

観音にまみゆるまへの山椒の実

下五は「さんしょのみ」ときりりと読みたい。観音に会いにゆく前に山椒の実を、ということですが、山椒の実を見たのか食べたのか、そもそもなぜ山椒の実でなければならないのかがわかりません。ただ、逢いに行こうとしている観音は何度も訪れている観音であり、金箔のキラキラした観音ではなく、漆黒の観音であろうという推測はできます。そしてその観音と澄雄との間に緊張感と親しみとの透き通るような空気が感じられます。

山行のほめたるへくそかづらの實

「山行」は「さんこう」と読むと「山中の旅行、山歩き、山あそび」ですが、「やまゆき」と読ませたいです。「やまゆき」は山へ山仕事に行くこと、その人の意味。レジャー目的で山へ行く人がほめても面白くない。臭いし絡まって邪魔になる雑草をよく知る人がその実をほめる、その意外さに可笑しみがあります。唾棄されるような草も面目一新。

白露にて己《し》が咀嚼にも親しみぬ

白露は二十四節気の一つ、九月八日ごろ、この頃から露も白っぽく見え、秋らしい気配に。その白露の日、食べ物を食べるということにも親しみを覚えるというのです。それも己自身の咀嚼に対しても親しく思われるというのです。暑さも和らいで食が進むようになったことも、実りの秋の食材の楽しみもあるはずですが、食べることそのこと自体が楽しみになって来たのでしょう。

顔長きことが長者よとろろ汁

「小杉放庵の幅あり」という前書が付いています。放庵のように顔の長いことが衆にすぐれた長者の証だと。粘り気のあるとろろ汁が長さと響き合います。

襖絵に銀の松かな十三夜

湯治に出かけた温泉宿の部屋の襖の絵。まことにきれいな十三夜の月が出ていて、襖絵には金箔をおいた松が描かれたのだがそれをこう表現した、と澄雄。事実は「金の松」、対象の事実と一句の真実とは違うという見本のような句です。見たんです、聞いたんですでは句にならない、心の工夫が必要だということです。

仰ぎゐて我になりゆく夏の鷹

はにかみのちらとわれ見て穴まどひ

萬兩の日にぬくみゐる我もまた

〈しづけさのおのれに咽び秋曇〉をあげた時に、「おのれ」と「われ」の使い分け云々と書きました。「おのれ」はまさに澄雄個人。一方「われ」は普遍性をもつとおもいます。掲句の「われ」は、鷹・蛇・万両の枠が消失されて、それぞれ澄雄個人であり対象との一体感が生まれています。

寝てよりの落葉月夜を知つてをり

聴覚を研き澄まそうとする〈寝ねがての千の耳もち櫻の夜〉とは明らかに違っています。外は落葉月夜だと寝ていても感じられる。落葉のひびき、月光は自分を囲む空気から聞こえてくる。心で見、心で感じるほかないことを詠んでいます。

寝ながら外の空気がわかっているということの表現は澄雄の自信作でした。現代の俳句作家の感性にはない表現で、わかり切ったこととして済まされてはいるが、と。

対象の材質感をしっかりつかみながら、何でもない当たり前のことを当たり前に詠う。自らの体だけが材料（発信源）で、他に何も使っていない。そういう句作りをこの三年間で身につけたのです。

第八句集『所生』の世界

はなはみないのちのかてとなりにけり

森澄雄の妻、あの白鳥夫人の句が序句として置かれています。その「はな」桜の句を先ずみます。

われ亡くて山べのさくら咲きにけり　昭和61
さくら見にゆくあとさきに死にし友　昭和62

前句、自分はもう死んでいて桜は咲いたことだよ。後句、亡くなった友に前後を挟まれて桜を見にゆく、と。どちらも澄雄も死者となっている、そんな風にも解釈できます。やがては自分もという思いが汲み取れ、辞世の句と思われても当然の句です。悲しい気持ちの中にも、楽しさもあり、死後も桜が咲き続けるという安堵もあり、それゆえに死を受容するめでたさを含む句です。

　桜の句はたくさんあり、こんな句も。〈さくらより少し色濃し櫻餅〉これも綺麗な桜だと思います。また〈寝てよりの身のうちに咲き雲珠《うず》櫻〉（「鞍馬」の前書）も。同じ発想で、同じ詠み出しですから澄雄としては意識していなかったはずはないと思います。

膝に置き手の甲の皺白地着て

　白地の膝に手を置くと、若いときとは違う。手の甲の皺が本当に年寄りになってしまったんだという思いを抱かせる、と。手の甲の皺は澄雄個人のことですが、万人に普遍の要素があります。誰もが老いるのだから。「白地」は好みだったらしく生涯に二十句詠んでいます。

病みてなほおのれを恃み雲の峰
炎日のおのれ自身もけぶりゐる

前句からは覚悟のようなものが読み取れないでしょうか。後句は、今日は暑い、頭がぼーっとしている。老いが来たら老いを迎え、受け入れたものを素直に出す、自然随順の気持ち。両句、相反する心境のようです。

澄雄は自分自身を素材に句を詠み続けています。〈趺坐《あぐら》してしばしは秋の中に居り〉もそんな一句です。

妻がゐて夜長を言へりさう思ふ

夫婦間に事件や問題が起こるような年齢ではなくなり、何でもない夫婦の日常の会話に季節がありと人生があると、しみじみ味わうふうです。「さう思ふ」のおよそ韻文らしくない下五で句の幅はぐんと広く深くなりました。

鳥引くやのこれるものは囀れる

渡りをする鳥が故国へ帰ってゆく。渡りをしない鳥たちは、ラブソングを歌っている。引き上げるもの、のこるもの、みんな懸命に生きている、それが自然。澄雄は月々の東京句会で「季重なりとは思わない、自然とともに大きな呼吸がしたい」という旨の発言をしています。

秋晴や出物なきゆゑ女の嬰《こ》

子のこゑのことに女《め》の子の春の暮

同じ女の子かどうかわかりません。モデルは澄雄の孫でしょう。おしめを替えているのを見て詠んだと。「出物なきゆゑ」というめでたいユーモア。後句、かわいらしい子の声が聞こえるが、そのなかでもことさらに女の子の声がなんとも愛らしくきこえる、というのです。一日の日差しももうずいぶんと永くなって、子供たちも日を惜しむように遊んでいます。暖かになってのどかな日の暮れです。四回繰り返される「こ」の音が句のリズムを心地よい調べにしています。また「声」ではなく「こゑ」という表記、「女の子」の「めのこ」の読みもこまやかな心配りです。幼き者の命誉め、命を寿ぐ句です。

女の子を詠んだ句には〈行末やいまの幸つく羽子の音〉もあります。あきらかに伝芭蕉句〈行く末は誰が肌ふれむ紅の花〉を下敷きにしているでしょう。今の幸からゆくゆくの人生を思い遣る句です。

亀鳴くはきこえて鑑真和上かな

鑑真は何度も日本に渡ろうとしてとうとう失明しました。だが、耳は聞こえ、鳴かぬ亀の声も聞こえ、当然民衆の救いを求める声も聞こえるはず、と。芭蕉句〈若葉して御目の雫ぬぐはばや〉に向き合って立つ句でしょう。

つまむことこの世にいとし吾亦紅

「藤村克明句集『引墨』に、何となけれど」の前書が付いています。当時「杉」編集部の一員であった藤村氏の句集の序句として詠まれました。親指と人差指で吾亦紅の花をつまんでいる図です。「つまみ○○」という言葉がたくさんありますが、そういう日常のさりげない行為にしみじみした思いを感じ取っているのです。わたしは吾亦紅の色形から女性の乳首を連想し、「この世にいとし」が疼くように納得されます。

三つにて腹よろこびぬ丹波栗

三伏を流れて笛吹川といふ

前句、腹の中で三つの栗がその形のままに小躍りしているよう。誰かから頂いた栗ならみごとな挨拶句です。〈胃に入りし標茅《しめぢ》の見ゆる月夜かな〉も同年の作。

後句、笛吹川は山梨県北部の川、釜無川と合流し富士川となり駿河湾に注ぎます。蛇笏・龍太の境川村小黒坂は現笛吹市。龍太への暑中見舞いの挨拶句でしょう。暑いですが涼しげな川が流れてずいぶん凌ぎやすいことでしょう、と。もちろん川の名の由来も踏まえて水害ご用心の意味もあるかもしれません。「三伏を流れ」が巧みな表現。散文的な表現ですが音楽的で韻も見逃せません。

命惜しまむ冷麦のうまかりし

もたいなやわれにも飽きて年暮るる

いくさよりながらへたりし筆生姜

第一句。冷麦―こんなうまいものがあるこの世にはもう少し生きていたい。やがて消える自らの命を惜しもう。

第二句「もたいな」はもったいない。身体不自由がちな自分に飽き飽きしながら年を送るとは、なんとも不届きなことだ、と。自己嫌悪ではなく自己飽満感。

第三句。中七で切れが入る句で、戦争から生きて永くこの世にいることだ。焼魚に添えられたこの筆生姜を噛《しが》めばそのことが思われる、というのです。句に深刻さはありません。人間は生まれて、戦い生きて、老いて、死ぬ。そして無に帰してしまう。深刻さに陥らないのは「筆生姜」という季語のお蔭だとおもいます。添え物であって、食べられもせずに残されてしまうような、自身という存在と重なり合うのでしょう。色形さえシンボル的で、深刻より滑稽につながるようです。平凡な命をもって、平凡な人生を老いた命の認識です。

この澄雄に突然不幸が訪れます。

木の実のごとき臍もちき死なしめき

句には「八月十七日、妻、心筋梗塞にて急逝。他出して死目に會へざりき……」の前書があります。「死なしめき」は、ほとんど果てることのないと思わせる慟哭であり、悔恨の表現です。この句の直前に〈妻の顔夏蜜柑剥くはや酸《す》かり〉〈妻もまた素肌に浴衣夜の秋〉と詠んでいたその妻が亡くなったのです。

原案は〈木の実のごとき臍ありき妻亡《うしな》ひき〉だったと澄雄は公表しています。そして上品な追悼句よりも肉体的な作品を妻のために残したいという思いがあったと述べています。その後手直しされて掲句となりました。俳人らしい追悼句を詠もうというのではなく人間として愛した妻を喪った痛みを詠んでいます。

「木の実」は何か？『花眼』に〈鬼胡桃のごとき耳もち信濃人〉という句がありました。臍と耳と全く違うものですし、アキ子夫人は信濃人ではありません。人間の体で凹んだところのイメージに澄雄は胡桃を思っていたという論拠にはなるでしょう。臍のあの形状が胡桃という木の実のようであった、ということです。

この句の読みが一時話題になりました。「き｜のみのごとき｜臍もちき｜死なしめき｜」と読んで「き」音の効果を述べる人もいますが、「木の実」を「このみ」と私は読みたい。そして「臍」はどう読むか、「ほぞ」説が多いようですが、これも私は「へそ」と読みたい。はたして濁音を選ぶかどうか。「このみのごときへそ」と読んで妻を包み込むような優しさが、いとおしさが醸されると思います。そう読むことで後半の「もちき死なしめき」の「き」音が働くと思います。芭蕉が〈ふるさとや臍《へそ》の緒《を》に泣く年の暮〉と言った臍の意味を考えることが大事でしょう。

そういう読みの問題よりも澄雄の心情に添うて心でうけとめるのがよいでしょう。

澄雄は出棺の際に〈除夜の妻白鳥のごと湯浴みをり〉〈妻がゐて夜長を言へりさう思ふ〉の色紙を収め、接吻して送りました。

大変なショックであったことはその後の澄雄の句からうかがえます。この出来事からあと、『所生』は妻恋の句で埋め尽くされます。いくつか挙げます。

天女より人女《にんにょ》がよけれ吾亦紅

萬两や萬两たりし妻死にし

妻戀へばちちとこゑして鷦鷯《みそさざい》

一句目は天女であるより肉体をもつ人間の女であるほうがよい、と。「木の実のごとき臍」

の句と呼応しています。二句目、百両とか千両と呼ばれる草木がありますが、妻は万両だったというのです。三句目は「常々われを『ちち』と呼びたれば」の前書があります。アキ子夫人は夫である澄雄を「あなた」とは呼ばず、人前でも「ちち」と呼んでいました。また、あの世に行った妻は飲食をしない、この世の私は飲食をする。妻が教えるこの当り前の違いが喪ったものの大きさを知らしめてくれるとする、〈飲食《おんじき》をせぬ妻とゐて冬籠〉もあります。

はなはみないのちのかてとなりにけり　　アキ子

五年ほど前に澄雄は脳梗塞の病気をしてその後〈食のあとなほ薬餌あり法師蝉〉の生活、その薬を飲み忘れないように一日分ずつ、アキ子夫人が手作りの薬包紙に入れていたその袋にメモのように書いてあったそうです。花が澄雄の命の糧となって来たという思いと同時にアキ子夫人自身にも花が命の糧となったのでしょう。『所生』の序句においた所以です。句集名は「しょしょう」と読みますが、「しょせい」とも読んで、生んだ親や子、生まれた所の意味です。自分はどこから生まれたかということの句集名ですが、「生きる所」

と解釈すれば亡くなった夫人は澄雄の胸の中に生き続けている、という句集名でもあるでしょう。ちなみに句集『所生』の奥付は夫人命日の八月十七日です。

第九句集『餘日』の世界

自分の境涯のなかでいちばん悲しい時代、と後に澄雄が述べた期間の句集です。「あとがき」に「昭和六十三年八月、心筋梗塞で妻を喪った。以後、餘生の感が深い。すなわち『餘日《よじつ》』、餘った日の意味である」とあります。

先ず、妻恋の句を取り上げます。

涅槃圖に妻の涅槃のうかびたる

釈迦の涅槃図におよそ一年半前に亡くなった妻の涅槃の姿を重ねているのです。妻＝釈迦です。

鶯や寝《い》にぬくかりし妻の夢

妻を夢みて寝るとぬくかった、ということではなく、一緒に寝た妻はぬくかった、その妻を夢にみた、という「に」です。生身の妻のぬくもりがなつかしいのです。

亡き妻をけふめとりし日水草生ふ

昭和二十三年三月二十三日。亡くなってから思い出すのは結婚当初の顔や口調であったといいます。悲しみをそのまま悲しく詠むのではなく、妻と生きた昔を思い出すことを喜びのようにおもっているのでしょう。季語は前向きのこころです。

なれゆゑにこの世よかりし盆の花

『餘日』の期間の中頃出版の、妻を詠んだ句のアンソロジー集『はなはみな』の扉に、「墓碑銘」と前書し、

はなはみないのちのかてとなりにけり　　アキ子

に並べて挙げられています。ですから「なれゆゑに」は澄雄にとって辞世の句です。

死に目に会えなかったことを深く悔いていますが、アキ子夫人は伊豆畑毛温泉に湯治にでかける澄雄を駅まで送ったあと、心筋梗塞でなくなります。夫人は普段から俳句を詠む人ではありませんでした。澄雄の薬を一日分ずつ包むその薬包紙に書き付けてあったのを、死後遺品の中から見つけたといいます。桜の花はみんな澄雄の命を養うもの、活動の根源となったのだ、の句意です。

澄雄の「なれゆゑに」の句は中七で切れが入っています。「あなたが居てくれたおかげでこの世はとても良かったことだよ」とは、妻として本望でしょう、妻への最高の謝辞を余韻をこめて表現しています。今は盆花を供えることになってしまったが、とは痛切な下五です。

先立ちし妻を叱るや墓參
墓となりし妻と逢ひをり狐花

後句、狐は人を化かすといいます。「妻が死んだことは狐に化かされたような思いがするが、墓に化けた妻と逢い、語らっていたことだ」というのです。狐花は曼珠沙華、彼岸花のこと。その名を使わなかった意図もわかります。やさしく詠んで、しかも気持ちが全部出ている句。「ごく普通の平凡な人間の、平凡な気持ちを、できるだけ深々と詠みたい」と澄雄は述べています。

白飛んで昔も今も都鳥

『伊勢物語』「東下り」の段に墨田川に到着した在原業平一行は見慣れぬ鳥の名を訊く。「さる折しも、白き鳥の嘴と脚と赤き、鴫の大きさなる、水の上に遊びつつ魚を食ふ」と都鳥が紹介され、そして〈名にし負はばいざ言問はむ都鳥わが思ふ人はありやなしやと〉と詠みます。これがこの句の下敷きです。「白飛んで」は都鳥、「妻」という言葉は句にありませんが、明らかに妻恋の句です。

このように澄雄は亡き妻を詠み続けます。「めめしい」と言って澄雄が主宰する「杉」を離れる会員もあったのは事実です。なりふり構わぬように見える溺愛ぶりは常軌を逸しているように見えたのでしょう。それよりも、愛する妻を詠むということは澄雄には人間として当然のことであったのです。「僕はお経があげられないので、家内の供養のために、家内の句を百句はつくりたい」とは澄雄が繰り返していた言葉です。この句集でははっきり「妻」と詠んだ句は全体の一割を越え、三十五句。貫いているのは、今もなお妻とともにある、という思いです。

妻のこと以外の句を見てゆきます。

聞きほれて二度目はあはれ手毬唄

初めて歌うのを聞いて「いいなあ」と思い、二度繰り返されたときに「あわれだなあ」と思ったのです。手毬唄は毬を撞きながら歌うもので同じ歌詞を繰り返して歌い、鞠つきを続けます。歌う女の子の声の良さに最初は聞きほれていたのですが二度目に聞いて歌詞内容を理解して、しみじみ哀れだなあと思ったのです。歌詞の文言が「あはれ」なことはもちろんですが、その女の子の今後の人生にも思い至ったのでしょう。〈手毬唄富めるごとしや子の声す〉〈むかし名のお仙かはいや手毬唄〉〈幼な子のこの世のことを手毬唄〉もこの句集にあります。

乳の香の少しありたる雪女郎

乳の香があるというのは牛乳を飲んだから、というようなことでは勿論なく、赤子に母乳を与えて、その乳の香がちょっと残っているのです。若い樵の命を助けた雪女郎は人に変身してその若者の妻となり、子を生みます。この句の雪女郎はそんな雪女です。雪女郎は伝説上の幻想的な存在ですが、乳の香とはいわば女性という性の象徴ではないでしょうか。この句の直前には〈亡き妻の越に来てゐし雪女郎〉がありますから、妻への想いも含んだ人間臭い体温を感じさせる句でもあります。

蛤つゆに綿ふる雪となりにけり

蛤も綿雪も春の季語。句に詠まれているのはこの二つ「蛤つゆ」と「綿雪」だけ。季重なりを気にかけていては、この句はできません。そういう俳人の分別を越えた句です。内朱の椀に乳白色の汁、やわらかく包む無韻の雪。日本古来の伝統美、美しく大きな空間です。

つくしんぼこれを創《つく》りしものを讃《ほ》む

「これ」と指示代名詞を用いるのが澄雄流。澄雄が誉めそやすのは創造主という神ではありません。今の世に私たちと出会うべく土筆を生え出させた造化を、です。

人の世は命つぶてや山櫻

「吉野にて―去年元気なりし妻はや今年亡し」と前書。人の命は投げつける小石のように、生まれたかと思えばたちまちにして死んでゆくというのです。「命つぶて」の端的な把握が、人の命の普遍に通じるものです。

射干の花や高野をこころざす

高野を目指して行くその途中で射干《ひおうぎ》を見たのでしょう。（直前に〈ほほづきの花やひそかに大和にゐ〉があります。）射干の花から高野への空間的広がりがここちよい句ですが、「こころざす」には、信徒ではないが空海の山へ亡き夫人とという思いがあるでしょう。

射干は檜扇。平安貴族の匂いのある花で、祇園祭には京の町家で活けられる花。その高貴さが高野に通じます。

夾竹桃耶蘇なりし父恋ふる日ぞ

澄雄の父はもともとキリスト教徒でしたが夫人との結婚に際して棄教、死期が近づいたことを知った時に思い止み難くあらためて受洗し昇天したことが、澄雄自身の口から語られたことがありました。妻を亡くした澄雄ですが、そのような誰彼の死の連続の中で、人であることとの生き様を示した父がことに恋しかったのでしょう。

讀初めは子福者なりし蓮如傳

精力絶倫だったらしく、五人の妻と十三男十四女をなしたといいます。子供を多く持つしあわせ者蓮如の、本来なら女犯の宗教者を、澄雄は肯定しめでたく思っているのです。〈良寛の頤《おとがひ》春の日は永し〉もあります。蓮如も良寛も人間臭く取り上げて、季語の本意を生かすように詠まれています。

白地着て白のしづけさ原爆忌

他に〈白地着てつくづく妻に遺されし〉〈白地着てさびしさをまた涼しさに〉もあり、白地好みは以前に指摘したとおりです。これは原爆忌でとり上げました。長崎出身で被爆者を悼む気持ちからか原爆忌は澄雄の全句業の中で、この一句しかありません。そうやすやすと詠みたくはないということでしょう。怒りより静かな心境が支配していて、哀しみの切なさを白に象徴させています。

秋蟬や平《たひら》に終る最上川

「酒田三句」の一。「平に終る」とは最上川が海に入るところ、すなわち河口のこと。日和山から河口を眺望した句。「集めてはやし」と芭蕉が詠んだ最上川が平に、川であることを終る光景を、感慨をもって眺めたのです。

齢深みたりいろいろの茸かな

古稀を過ぎ年齢ももうかなり重ねてきた。長い人生の中で、年年秋にはいろんな茸を食べて、秋の恵みに囲まれてとる、人間の齢というもの、そのもののめでたさです。また、年老いた身を山中に置いて、身の周りにさまざまな茸があるなあという喜び、この世のめでたさを想っているという解釈もそれはそれでおもしろいです。いろどりも形もさまざまな茸に囲まれる茸仙人のめでたさです。

「齢深みたり」の感慨が強かったのでしょう。前年に〈而して齢も深し根深汁〉が、掉尾に〈齢来て父の没年藪柑子〉も。来年は俺ももう父の没年と同じになるのだ、というそんな感慨を持っていたのでしょう。

この句、NHKのBSの俳句企画で松江で行われたときのもので、わたしも参加させていただいたが、あっと驚いたことを鮮明に覚えています。

たましひの出で入りしては日向ぼこ

魂の身体遊離現象です。ほっこりした日差しに魂が誘い出されどこかに行ってしまいそうになっては身体に戻る、ついうとうとしてしまう状態です。

厨通るとき葱の香や年つまる

巻末近くの句。葱の香という平凡極まりないものは「年つまる」の感慨に釣り合わないように思われますが、ありのままという、『餘日』の姿勢通りの句です。

自分の境涯の思いを俳句にのせて詠まれた『餘日』の世界でした。

第十句集『白小』の世界

「あとがき」で明かしているとおり、『白小』は杜甫の詩に基づくもので、小さい白魚を言った言葉ですが、自身も老いて小さく白髪になっているという思いからの命名です。

あこがれて南の海や月日貝

悲惨な戦争体験の残る南洋ではなくて、土佐や鹿児島の海を想っての句と自解しています。月日貝の生息域とも一致します。赤褐色と淡黄白色の円形の殻を日と月に見立てた名です。「あこがれて」のような露骨に感情を示す言葉は遠ざけるのが句作りの鉄則です。ところがこの句、「月日貝」という名前に触発されたのでしょう、幾月日憧れていることかという意味も込めた句。江の島で「杉」の大会があったおり、初めて月日貝を見たと講演で述べています。そしてさらにその半年後、鹿児島に行き、初めて食べてうまかったとも述懐しています。
この句など季語の本意を摑んで季語をどう生かすかのとても分かりやすい句でしょう。

子が食べて母が見てゐるかき氷

澄雄の句の魅力のひとつはこういう句にもあると思います。カフェテラスのようなところでよく見かける光景ですが、それをやさしく掬い取って一句に仕立てています。このなんともいえぬ温もりがうれしい句です。
母子の光景の写生的描写です。しかし句の奥には、こういう母子関係は世代がかわっても繰り返されていくことだろうという人の生のかなしびがあるのです。単なる写生句ではないと思えるのはそういう点です。

死の病得て安心《あんじん》や草の花

「大腸癌を宣告さる」の前書があります。もと「死ぬ病」でした。かかったら必ず死ぬ病気、死に病、死病です。それが命の助かりにくい病「死の病」と、やや「病」に重点のある言い方に。夫人を亡くした一人暮らしのなかで、自分は死ぬときどういう病で、たった一人で死ぬかという不安がずっとあって、癌と言われて、これでやっと自分の死ぬ病気ができ、死に方が定まったという一種の安心にたどりついたのです。アキ子夫人の元へ行けるという思いも含まれているでしょう。

死病を得たら死の不安と向き合うのが普通です。それを逆手にとり価値観を逆転したような「安心」という言葉にハッとさせられます。安易に言える言葉ではありません。（『白小』出版二年後、「死ぬ病」に戻しています。）

やすらかやどの花となく草の花

信州春日温泉での作。八月末、山に菊・女郎花・吾亦紅など秋の草がとりどりにひそやかに咲いて、「やすらかや」はもちろん自分のこころ。前句の「死ぬ病」の句の「安心」に通じる心境でしょう。

頤《おとがひ》より耳ながくして春菩薩

「中宮寺」の前書。アルカイックスマイルとして有名な菩薩像が本尊のお寺です。耳朶が顎のラインより下に伸びた像です。「耳のゆたかに」とか工夫して表現したいところですが、見たままに表現しています。知恵を働かせると対象は逃げてしまい、摑めない、とはこの頃の澄雄の口癖でした。実践句です。〈淡海まだ霞を引かず初諸子〉なども、対象をありのままに摑んで、奥行きの深い句です。

妻亡くて道に出てをり春の暮

なんとなく道に出て春の夕暮を眺めているという句です。無聊もありさみしさもあり、かといって堪えられないほどではなく、もの足りているような気持もある、妻恋しさの春の暮です。「道と暮」といえば〈この道や行く人なしに秋の暮〉（芭蕉）を思い出します。孤独に一人進む道の淋しさを季語「秋の暮」が表出しています。澄雄自身にも〈旅よりや巷にもどる秋の暮〉があります。一体どこに旅していたかと問いたくなりますね。「巷」が道の意味でないのはあきらか。俗世を離れた想いで旅していて、現実の世に戻ったというのです。この句にも秋の暮の侘しさと、同時に巷のなつかしさがあります。澄雄句の「春の暮」と比べてみるとおもしろいですね。

しかしこのように説明してみても、やはり季語「春の暮」が選ばれた説明には十分になっていない思いが残ります。一日一日、遅くなってあたたかくなってゆく日暮。こんな風に移り変わっていく自然に、季語に反応したのだと思います。移ろってこの世から消えた妻、やがて自分も去るであろうこの世、四季の移ろいの一コマにいて万物の移ろいの大きなリズムの中にいる、妻・吾・春。澄雄は季語を生きているのです。

澤瀉《おもだか》やいくさに死にしみなわかし

清楚な澤瀉の花をみて、戦争に、原爆に、たくさんの友人や戦友が若死にしたのに自分はよく生きたものだとの痛切なおもいを持ったのです。「し」の韻がしんとしたリズムを生んでいます。サンカクグサともいう澤瀉は人の顔に似た葉を伸ばすことから「面高」が名の由来と言われ、数ある夏草からこの花が選ばれたのでしょう。

空腹のここちよきまで秋澄みぬ

俳句はおのれの心、あるいは身のまわりにある、とする句です。
澄雄はたびたび海外へ旅行をしていますが海外詠がありませんでした。そんな中で唯一中国の旅吟だけを残しています。中国吟遊㈠平成四年初冬、㈡六年仲春がそれです。

中國や棉吹いて空果てしなし　㈠
黄の多き中國の寺蓮枯るる
耕人と水牛歸る冬の暮
騷心や波郷忌をけふ旅の果
三椏の花上海は人沸騰す　（上海）㈡
日永さや玉佛はみな女体にて
黄土ここに生れ死ぬ人草摘むよ　（西安より落陽へ）
隴海線村あればまた花杏
満月の黄をしたたらす花樺　（落陽）
李杜思ふ洛陽にあり花月夜

「騒心」は「騒客・騒國」から得た造語と注を付けています。詩歌と不可分に生きる心と言ってよいでしょう。

㈡の旅には私も同行いたしました。途中で何回か句会を行う計画でしたが、澄雄の体調不安もあって、一回も実現しませんでした。しかしたいそう満ち足りた楽しい思いでいたことを覚えています。

古雪にけふ立春の雪つもる

古雪は立春以前に降って消えずに残っている雪。去年とった米を古米《ふるごめ》、去年の暦を古暦《ふるこよみ》、去年つくった酒を古酒《ふるざけ》などというのと同じです。ありのまま。

観音も腰に肉置く牡丹かな

この句は観音像の豊かな肉体的美しさを詠んだ句という解釈が一般になされました。「かな」に注目していない評だと思います。私は少し違った解釈をします。「かな」止で一物仕立ての詠み方ですから、掲句はももいろの牡丹を詠んだ句と思います。牡丹を見つめて、腰のあたりがふっくら豊かな観音を幻視したのです。牡丹の花の化身としての、肉感的な観音、「観音も」ですからもちろん亡き妻に通じるものです。〈観音の臍よりしたる笹子かな〉が『游方』にありましたが、極論すれば笹子を詠んだ句であって観音を詠んだ句でないのと同じことです。澄雄は助詞一字でさえも、ぞんざいな使い方はしていません。「かな」「も」だけでなく注目すべきは「（腰に肉）置く」です。客観的に観音像として眺めているのであれば「（腰に肉）ある」もしくは「（腰に肉）つく」でしょう。「置く」は物に位置を与えるという意味と、物がその場にとどまる意味がありますが、この句は後者です。いつの間にか肉が腰のあたりにとどまったということで、元はスリムであった体形が腰に肉のついた体形に変化したことが暗示されているわけです。ですから、女人の体形変化という人間臭さを感じさせ、だからこそこの観音には亡き妻の肉体的懐かしさが重なっていると思います。

季語「牡丹」のもつ宇宙を観音という形象を借りて現出してみせた句です。牡丹を観音と幻視することによって、「牡丹」は詩となったのだと言ってよいでしょう。

亡きひとの聲の残れる秋茗荷

「亡妻七回忌」の前書があります。食べると物忘れするという由来のある茗荷を据えた点が可笑しみです。淋しさだけの句ではありません。

寝ころんで蹠いつしか秋の風

窓側へ足を向けて寝転んでいると足にかすかに吹く風が涼しく感じられ、風もいつしか秋になったなあと。まさに「いつしか」の句です。自然体の作者像が浮かんできます。

なにはさて師走に入りぬがんもどき

須加卉九男氏が豆腐屋の売り声をまねて披露したのを聞いて即吟した句です。もちろん人間世界が師走に入ったのですが、がんもどきも遅れじとあわてて師走に加わったといった、滑稽感あふれる句です。

冒頭で白小という句集名について記し、白髪頭の小さな老人の思いもあることをのべました。ましたが、だからといって、澄雄は老いた句を詠もうとしたわけではありません。あくまでも、自分の人生に向きあい、俳句と向き合って、切なく、滑稽でめでたいこの世を詠み続けているのです。

駄洒落のような話ですが、コスモス（秋桜）を描いて同時にそれを咲かせているコスモス（宇宙）まで見えて来ないと駄目だ、とはこの頃の先生の言葉でした。

日常茶飯の中に句材を得ながら、平凡な一市井人として、力を抜いて、句をつくる。人生晩年の意識が散見される句集ですが、かなしみなどより艶のようなものを感じる、またそれ以上に、無心に微笑んでいる句集と思います。

第十一句集『花間』の世界

平成七年の暮の十二月二十一日、執筆中に脳溢血で倒れ、そのまま救急車で運ばれ、以来七ヶ月余入院、左半身不随となり、一級身障者として、いまは終日臥床の身である。従って平成七年を除き、すべて臥床の作。だが、作品は意外に明るく、旅の句も多い。臥床の心をかつて旅したところに遊ばせた。（「あとがき」）

と。昭和五十七年（82年）に脳梗塞に見舞われ、平成七年（95年）一月に軽い脳梗塞、同年十二月にこの脳溢血に襲われることに。脳血管障害の再発ですから命を落とす人が多い病気です。澄雄の生命力を思います。

囀りの法起法輪法隆寺

「法起法輪法隆寺」は法起寺・法輪寺・法隆寺。斑鳩三塔として知られ、聖徳太子ゆかりの寺。仏法を起し伝え栄えさせるとの願を込めた寺名。「ほっきほうりんほうりゅうじ」の音の囀りです。身は病床にあっても心は古都奈良斑鳩の地を、時空を自由に歩き回っているのです。

枝豆の残りをれども寝るとせん

「老いぬれば味噌餡がよし柏餅」の句もあり、好みが年老いて変わった自分を見つめています。それと同じで枝豆に心を残しながらも満ち足りた思いで寝につく自分を見ている句です。たかが枝豆ごときという滑稽感があって、芝居がかった語り口と相俟って悲壮感はありません。

花野ゆき行きて老いにしわらべかな

「ひと世を振り返る」というような前書がありそうな句。わらべの時から花野を歩いて、歩いていくうちに老いて、わらべは今も花野を歩いていることだ、ということです。菊の葉の雫を飲んで長寿を得た「菊慈童」の物語がありますが、幻想的な雰囲気のある句で、すべてが想念の中にある句です。写生だとか現前のことを詠むとか、そういう枠にとらわれない俳句です。花野を行くうちに童心にかえったというような解もなされる句ですが、私は採りません。幼児がえりなら〈見てわれもをさなことばに赤まんま〉もあります。ただ、童のまま年をとり、そのままどんどん歩み去ってゆくという、自身を客観視する解釈は捨てがたいとも思います。

老いは色恋の湯ざめや近松忌

色恋の関連で近松忌となっていますが、澄雄はこの句の成立の経緯を、「このあいだ、Sさんたちと箱根に行ったんです。そこでSさんが、とうとうおれも人畜無害になったと言うんだな。じゃあ、それをいただきましょうということで、今日のぼくの作品ができました。」と打座即刻に成つたと語っています。箱根という背景に「湯ざめ」の語が面白いのですが、まあもう一度湯に浸かって温まってみたら、という思いやりも入っています。

脳溢血にて入院

水仙のしづけさをいまおのれとす

身動きもままならなくなった自分はこの水仙と同じ、いや、この水仙の静けさと同じだと。健康を願いじたばた抗う様子も、健全さをはやく回復したいと慌てる様子もなく、かといってあきらめがあるわけでもなく、まことに澄んで静かな心境です。いつ死んでもおかしくない自分を、身にまとわりつくすべてをきれいに拭い去った自分として肯定している心境です。

リハビリと同時進行で大判のスケッチブックにコンテで書きつけるというスタイルの創作活動という入院療養生活が続きます。〈粥食はせ貰うて梅の咲きにけり〉。その付添婦の渾名「小松菜」を〈美しき名の小松菜けふは雪ふれり〉。句会には欠席投句の形で〈燈のいろも朧にしろし白魚汁〉など途切れることがありませんでした。

ありがたき春暁母の産み力

平成八年澄雄は喜寿を迎えました。二月二十八日が誕生日です。現代たくさんのシンガーによって、生まれてくれてありがとうという子供を讃える歌が歌われていますが、澄雄は逆で「生んで呉れてありがとう」と、母に対する感謝の気持ちを素直に句にしています。

旦よりおのれを捨《お》けば春うらら

捨身《しゃしん》という言葉がありますが、そういう大掛かりなことではなくて、自分をかえりみないでいる（思い煩わずにおのれを他人に委ねきった安らぎにいる）と、春うららかさに病身のわが身が包まれてゆく、ということ。

助六の幕間にして櫻餅

鳳来寺下りて田楽豊橋に

助六と揚巻の心中に涙を流し、甘味でおしゃべりを楽しむ、そんな俗世のよろしさ。芝居見物の愉しみとは、という庶民感覚を詠んでいます。後句は、仙境のような俗世を離れた高みにいて、その高みから下りて、庶民の食べ物に。ありがたい仏もいいが、人間臭い食べ物ももっといい、そういう心です。聖よりも俗のよろしさです。俗世にいて俗世を詠うということではありませんが、俗世をなつかしむような、澄雄としては珍しい作品です。臥床生活から生まれた心境です。

うたた寝のわれも杜子春桃の花

〈うたた寝についでうたた寝桃の花〉もすぐ後にあります。何度も眠りに誘われる、そんなコンディションだったようです。

さて中国唐代の伝奇集「杜子春伝」もこれをもとにした芥川龍之介の「杜子春」も仙人になり切れなかった主人公杜子春の物語です。どちらも子や親に対する愛情が元で仙人になることに失敗するのですが、この句は仙人を夢見ている時点の杜子春に仮託しているのではなくて、目が覚めれば元の身の上、不随の身という現実に引き戻されることが主眼でしょう。芥川の「杜子春」のようによかったと思うわけではなくて、かといって「杜子春伝」のように絶望しているのでもないことは、季語「桃の花」から明らか。この年末には〈われもいま半僧半俗鉢叩〉がありますが、その心境に近いと思います。

存《なが》へて浮世よろしも酔芙蓉

生き永らえて、この浮世が好ましく心惹かれる思いがするよ、そんな世を懐かしく思う自分の心に気づいてほのかに頬を赤らめるおもいだ、ということ。澄雄にとってこの世は、戦争体験・自身の種々の病気・妻の早逝など負の要素と思われることもたくさんあった世です。この時点でも半身不随の状態です。「浮世」は「憂き世」ではと思われますが、そういうことのすべてが昇華されて「浮世よろしも」となるのでしょう。「この世」ではなく「浮世」と言ったのにも意味があるでしょう。人情の色濃い、俗塵まみれの、酒色にふける、低俗で卑近なそんな面もある浮世です。現実肯定ながら次のような思いも。

かつて世にありしやさしさ花樽

「たそがれは、すべての母が、心静かに、火を焚く時刻」と戦中妹宛に書いた葉書の文言を引合いに出して、今はそういうものをなくして殺伐として、大事なものが抜け落ちた時代だ、と澄雄は言っていました。

常臥しの顔の上なる淑気かな

「常臥し」はおそらく澄雄の造語と思われますが、これ以降かなりの頻度で用いられます。

加していますがそれに倣って「とこふし」、動詞のように「常臥す」とも使われます。現実は、寝たっきりではなくて、車椅子に載せてもらい、「杉のつどい」などに参加しています。

あづけあり佛の妻に櫻餅

仏壇の妻にお供えしてあるのですが、桜餅が気にかかってしょうが無いのです。妻ももう食べたかと思うころあいに仏壇から下げて自分がいただくのですが、それまでは「あづけ」てあるのだと。見栄っ張りの意地っ張りの負けず嫌いのそんなニュアンスの窺える「あづけあり」がほのかなユーモアを含んでいます。平凡な日常生活の一コマを、そういう平凡な暮らしを愛おしむような。

雨蛙点の眸や鑑真忌

他に〈御肩のやさしかりける鑑真忌〉もあります。

鑑真忌は唐招提寺開山忌ともいいます。前『白小』にも〈鼓虫《まひまひ》のはやも涼しき鑑真忌〉

がありましたが、それが詠み始めでした。「御肩の」の句はなで肩の鑑真像をそのままに詠んでいます。肩に鑑真の人柄を見ている句でしょう。掲句は鑑真が盲いていることが前提となっています。日本への密航を企て数度失敗するうちに盲目となってしまい、それでもあきらめず十二年目、七五三年に天平時代の日本に来たエピソードはみなさんご存知です。芭蕉が〈若葉して御目の雫拭はばや〉と詠んだのも失明と関係があります。澄雄の句も同じです。盲しいた和上の寺の境内にいる雨蛙が「点の眸」とはいえ見える目を持っていることのありがたさ、和上の慈愛を得た雨蛙なのです。このころ妹のことを詠んだ〈めしひゐて肌《はだへ》に分る良夜かな〉〈いもうとはめしひとなりし梅もどき〉の句がありますが、以前から目を病んでいた妹を気にかけていたこともこの句の背景にあるでしょう。

夜にして月の出のいろ女郎花

「月の出のいろ女郎花」が一句の眼目です。「夜にして」は月なら不要ではないかと思われるところですが、下弦の月と分かる仕掛けです。月の出にいつも月が赤いとは限らないのです。夜となってから出てくる下弦の月。月の出の地平線上にある時、赤っぽく見えます。あるがままを詠む、といいながら過不足なく言葉が選ばれていることを知ることができる一句です。

※

脳溢血で倒れ、思いのままにならない身体。普通なら病気を恨み、身体に悲鳴を上げ、満たされぬ思いに歯ぎしりし、運命を呪う、そんな句があっても不思議ではありません。澄雄の神経も精神も思想も、まことに健全なままです。奇跡のようにさえ思われます。

今を詠め、理屈を入れずにありのままを詠め。しかし目に見えてゐる世界しかない句はだめ。目に見えない世界があること。目に見えない世界を見えるようにするには、豊かな心（想像力）を持つこと。この時期しきりに澄雄はこのことを話していました。こうしてトータルで澄雄の作品を見た時に、ありのままながら豊かな心を、見えない世界を持っていることがわかります。

人間世界の面白さ、懐かしさを詠んだ世界が「花間」。この平成九年に芸術院賞と恩賜賞を受けています。

第十二句集『天日』の世界

天日の虚ろありけり寒に入る

寒は最も寒い時期。天日（日輪）も虚ろな光を放つだけで暖かさがありません。脳溢血の後遺症による常臥で終日見上げる日輪のあてにならぬこと。この「天日」を集名としたのは、何か予感めく思いがあったのかもしれません。事実はさらに十年の齢を賜るのですが。

けふ一と日ゆたかに臥して春の雪

一日の半分以上ベッドで寝て天空を眺めて暮らしているが、春雪のこの日は一日を豊かな思いで過すことができた、ということ。空を眺めて過ごす日常です。そういう身の上をどう思っていたか、次の二句を見ましょう。

晩年を常臥《とこふ》しとなり万愚節

常臥しの我にこれより夜長あり

前句は、常臥の身の上を辛いとは思っていない、客観的に眺める感覚でいるのでしょう。万愚節とはそんな自分を、「ああ、なっちゃった」と笑い飛ばす感覚でしょう。後句は逆に、不自由な体で寝た切りで、これから夜長。夜の来るのがつらく思われるという切ない心です。

「常臥」は前句集『花間』から使われ、この句集では常態化したものと念頭において鑑賞していく必要があるでしょう。約一割の句に「常臥」が用いられます。

蓑虫庵ここだくありし落椿

伊賀上野での作です。四月朝早くに車で東京を出発して昼には到着。さらに奈良を巡り、〈善導の土筆土筆の来迎寺〉〈観音の初音のがさず立ちたまふ〉（聖林寺）〈こもりくの長谷にまづ食ふ草の餅〉〈興福寺にも東大寺にも孕み鹿〉〈観音は天平乙女犬ふぐり〉（京田辺、観音寺〉〈盲女愛せし一休頂相《ちんざう》松の芯〉〈夕日より夕月高し花醍醐〉など久々の旅に創作意欲も刺激されたようです。

汝《な》が死にて恋つづきをり杜若

妻に先立たれた男性はこの世に数多います。亡き妻を恋しがる男も数多いるでしょう。その中で生前死後に亘るおもいを「恋」ととらえ、出会いからの恋が妻死後も続いていると言った人はいないのではないでしょうか。

思草いろをはじめのいろはうた

南蛮煙管。尾花の下の思い草と言われ、下向きの花の形態が思案する姿を連想させるところからの命名。「思ひ」といえば「恋しい思い」、男女の色恋、〈忍ぶれど色に出でにけりわが恋は物や思ふと人の問ふまで〉（平兼盛）にあるとおり。久保田万太郎も〈竹馬やいろはにほへとちり〴〵に〉と「いろは歌」を詠み込んでいますが、幼い男女を連想させます。澄雄は、この世も習字も、「いろは」ではなく「いろ」で始まるというところに澄雄のこの世観がうかがえます。

われもまた露けきもののひとつにて

切れもなく、感懐のみで成り立った句です。八十歳は世俗的には「つゆけきもの」ではありません。澄雄は常々、億年の時の流れの中で人の命は一瞬、悠久の時空の中で一粒の露のように消えやすいもの、と。無常という宗教的思索ではなく、広大無辺の虚からみて「露けきもの」。同じ詠み出しの句をもうひとつ。

われもまたむかしもののふ西行忌

昔武士（兵士）だったことを自慢しているのではありません。澄雄が体験した生存者四％のボルネオの死の行軍を自慢するとしたら、ちょっと異常な精神でしょう。西行はもと鳥羽上皇に仕える院中警護の北面の武士でしたが、二十三歳で出家してから、そんな出自を自慢した様子はありません。ですから「われもまたむかしもののふ」とは単に西行も吾ももともとは「もののふ」の一人だった、ということです。

西行は桜をこよなく愛した詩人・歌人。〈願はくは花の下にて春死なむそのきさらぎの望月のころ〉。西行の「もののふ」としての体験はわかりませんが、澄雄は「もののふ」の後に花の美しさに浸りました。もののふという共通点で西行と心を交しているのです。

病臥の身にあれば誰彼の死が気になるのも当然です。忌の句、寺の句が増えてくるのも特色です。抹香臭いと評された原因のひとつです。ただ、〈紅燈にもゆかず老いたり勇の忌〉〈さらはれて長命なりし良弁《らうべん》忌〉〈蕪村忌は冬といへども春星忌〉、忌と詠んでいませんが〈近松は長門の生まれ冬紅葉〉など、どれもどこか間合があって、ユーモアがじわりと滲んできます。

鯛焼きをふところに笑みおのづから

澄雄にこういう一面があることを知ると、澄雄にますます魅かれます。澄雄の深遠な哲学的な講演などを思い浮かべると、世俗的なことを超越した人格のようにおもってしまうものです。鯛焼きを懐に入れ、その香を嗅ぎ、そのぬくもりを肌で感じながら、そのことをすなおに幸せだと感じることができる、まったくの素のままの人間なのです。人のかなしみをそのまま包み込んだようなやさしさを私はこの句から感じます。俳諧味があるというより、俳諧そのものを生きていると思われます。

東塔より西塔高し百千鳥

「薬師寺二句」の前書がついています。もう一句は〈水煙に金色のある春の月〉。創作のきっかけとなったのは宮大工の西岡常一さんらの話。千年経つと東塔と同じ高さになるようにあらかじめ少し高く建てたと。それを知って、澄雄は一千年の思いを句に込めようとしたと述べています。

百千鳥は薬師寺の境内やその周辺に囀るたくさんの鳥ですが、再建された西塔を囃す声でもあるでしょうし、千という数字を持つことも働かせての季語です。

この頃森家に初の内孫が誕生します。澄雄がその命名をしたということもあってか、その名を詠み込んだ句が、取上げませんが、この句集だけで三句あります。人名を詠み込むことは業平や法然を詠み込むことと訳が違います。この点に限れば澄雄は踏み外していきます。妻の名前でさえ詠み込むことがなかったのですから〈唯一「二人は親しかった」意の前書付きで〈波郷忌や二人あき子のよく遊び〉『深泉』があります）。内孫がよほどかわいいと言ってしまえばそれまでですが、私にはいわば「常軌を逸したこと」と思われます。おれは俳人ではない、人間として生きているんだ、と澄雄はいうでしょうが。

露霜の胸に置きたるたなごころ
もの書きて新涼の翳手に添ひぬ

秋もどんどん深まって露が霜に変わるかとおもわれるほどに夜の冷たさが募ってきている晩秋、常臥の澄雄は胸にひたとてのひらをあてて、わが身を包む大きな自然の運行を感じ取っているのです。もちろん露という日本古来の文化を下敷きに、儚く小さい存在という自身の命を見つめていることは間違いありません。一年前に〈夜のしじま胸に露置く思ひあり〉があり、一年後には〈夕ぐれは胸に手を臥せ河鹿かな〉があります。

後句、書き物をしている手に視線を落とした時、自分の手に翳が生まれていることに気づき、そのことに秋到来を実感したのです。微細なことが大きな秋を。この新涼の翳も天行とつながっています。

二句ともに静けさを先ず味わうべき句です。

虫の音も迦陵頻伽と聴きゐたり

八月十七日妻の十三回忌

妻を詠んだ句五八五句を蒐めた『曼陀羅華』を出版したのもこの頃で、この句が句集の扉を飾っています。虫の声を極楽の鳥の声ときいているのです。迦陵頻伽は人頭鳥身、美妙な鳴き声で仏の声とも形容されますが、アキ子夫人が朝家族を歌で起していた日常生活を思えば、迦陵頻伽と聴く虫声は天界から舞い降りた亡妻の声であったのでしょう。〈天女より人女がよけれ吾亦紅〉（『所生』）の天女以上の人女の声です。

送り火の火の美しきときを待つ

澄雄が焚く送り火はいうまでもなく亡き妻の精霊を送るためのもの。その送り火を焚く時間をいつにするか、「火の美しきとき」に焚くというのです。夕刻に間違いありませんが、最も美しい火で妻を送ろうというのです。

藻にすだくわれからなれや常臥も

常臥となったのも「われから」（我から）自分自身のせいであろうか、という句意。〈あまの刈る藻にすむ虫のわれからと音をこそなかめ世をばうら見じ〉の古今の歌にヒントを得て、「藻にすだくわれから」を序詞のように用いて「われからなれや」を導き出す和歌的修辞法を用いた句です。季語を季語として用いるよりも季語の持つ面白さを生かす趣向の句をあと二例あげます。

亀鳴くごとき呼吸音咽喉にあり

嬰ありて今年まことに世継榾

呼吸音に雑音が混じり、発声も思い通りにならない切実な様子でしょう。それを亀の鳴き声といった空想の季語で表現した句ですが、比喩に使われているので半季語。以前にはこういう使い方をした句はありません。その意味で先生もやや衰えられたかと思ったものでした。

後句は掉尾の句ですが、内孫ができて今年は森家の世継ぎを得た、真に世継榾があるみたいだ、という句意。だから世継榾（年越の夜に火を絶やさぬよう火種として囲炉裏にくべておく榾）は比喩。この句、季語が甘いですが澄雄が妻を亡くして十三年の今、孫にどれほど心を救われているかは想像に難くありません。

澄雄という個を通してみた世界ですが、一個人に固執した世界ではなく、開かれた世界、普遍性を備えた世界です。身体不自由な身の上についても、嘆いたり悲観する句は見当たりません。自分をいとおしむ気持ちがあるだけです。そのように、自然をもいとおしむ気持ちに満ちています。そしてその自然は、ただ目に見えるだけのものではなくて、ベッドに寝ていても見えるもっと大きな宙を見ています。心の世界です。心の世界があって見えてくる、聞こえてくる世界です。

そして今を詠むことを強調したのもこの頃です。悠久の時間の流れの中のほんの一瞬の百年ほどの人生を生きている、その止まる事のない一瞬一瞬の積み重なりが永遠と繋がっている、その只今の一瞬を切に生きることが永遠につながる、と。

第十三句集『虚心』の世界

「あとがき」を先ずみます。

「虚心」とは心に何のわだかまりもない、素直な心でいることの謂である。

と述べた後、脳溢血で倒れて以来の句作りと関わる生活を述べた上で、こう記しています。

人間はこの広大な宇宙の中の一点。人間の生もまた、永遠に流れて止まぬ時間の一点に過ぎない。句はその大きな時空の今の一瞬に永遠を言いとめる大きな遊びである。我を捨てる遊びである。

『虚心』の世界を自ら語り尽くしています。虚心とは先入観を捨て知恵や理屈を捨て「我を捨て」て、無心に素直にすべてを受け入れるこころです。

さて、句を見て行きます。

日にいくたび眠る嬰《やや》にも日脚伸ぶ

眠ることが仕事と言われる嬰児。誰もが見ているごく平凡な光景。それだけに見落してしまう光景ではないでしょうか。嬰がすやすや眠るといういのちの自然。それを天体の大きな運行が包み込んで日一日と育んでゆく。自身もそのささやかな喜びを享受した〈常臥しのわれにけふより日脚伸ぶ〉が後出します。

雛壇にかしこきものを似たり貝

地方の風習ですが雛壇に蛤や浅蜊などの二枚貝をお供えする所があります。句はそのことをいっています。子孫繁栄につながる女性の生殖にかかわるせつない願いからです。似たり貝は貽貝、姫貝とも呼ばれますが、もろに似ています。畏れ多くも、もちろん肯定的にですが、雛壇にそのようなものが置かれていることの、子宝に恵まれたいという切実な想いを汲み取っているのです。

金雀枝やいまもわが句は相聞《あひぎこ》え

澄雄が敬慕した石田波郷に〈金雀枝や基督に抱かると思へ〉があります。この波郷の句について、金雀枝に囲まれてまるで基督に抱かれているという解釈。苦しみに悶える自分を基督に抱かれているのだと思うことで励まそうとするものという解釈。そういうストイックな解釈がなされますが、私はもっと単純に、今汝を抱いているのは基督だと思え、と妻に言っている、妻へのラブコールだと解釈します。澄雄も第二句集『花眼』では〈金雀枝やわが貧の詩こそばゆし〉と詠んでいましたから、波郷句をストイックに解釈していたのでしょう。三十数年後には妻との「相聞」となっています。

〈汝が死にて恋つづきをり杜若〉が前句集『天日』にありました。「いまも」その恋は続いているということになります。また「えにしだ＝縁だ」というそんな遊び心を思ってみるのも楽しいでしょう。妻アキ子への相聞句。ただし詠みぶりに余裕が生まれて来たようです。

澄雄が寝具について触れた句は数が少ないですが、そんな中で枕も籠枕・籐枕がこの句集には二句詠まれています。〈戸隠に求めきしもの籠枕〉はその一つですが、「戸隠」という地名が働いて、天手力男命《あまのたぢからおのみこと》の投げた天岩戸の落ちたところという伝承、修験の道場、標高の高さなど霧に包まれて涼しい風の吹き抜ける枕のイメージがあります。おまけに、天手力男命の隠し宝物の枕をいただいて来たかのような俳諧味をもっています。

次の「籠枕」の句はやはり滑稽味がありますが、澄雄の人生と結びつくものがあります。

何もかも夢も抜けたり籠枕

中空で網目状で「抜けたり」となりやすいものですが、もとより容れ物にはなりませんから、その点で滑稽味のあることになりますが、抜けたものは欲も夢もなにもかも、ということでしょう。ただ、澄雄の脳溢血の予後の常臥という時点の境涯を考え合わせると、病気と夢の関連から、芭蕉の〈旅に病んで夢は枯れ野をかけ廻る〉との符合に思い至ります。澄雄が「夢も抜けたり」という「夢」の正体は寝て見る夢のみではなく、人生の夢、自由に各地を旅したいという夢なのではないでしょうか。小さな呟きのような作品ですが、寂しさが沁みわたるようです。

「夢」を考えるうえでヒントになる句が、この句の一年後にあります。

雁やまたも淡海をこころざす

過去に百八十回ほど淡海へと旅をしているはずですが、単に心が向くという意味ではなくて、意志そのものでしょう。気力・精神の充実・高揚を感じます。

古人みな詠ひつくせり秋の風

秋の風の本情を先人たちがもうすべて詠い尽しているから、自分があらためて詠う余地はない、古人の詩句を味わうのみである、ということ。古人の誰彼がこんな風に、ということではなくて、芭蕉を意識しているだろうと思います。〈秋風や藪も畠も不破の関〉の寂寥、〈塚も動け我が泣く声は秋の風〉の痛惜、〈あかあかと日は難面《つれなく》も秋の風〉の旅愁、〈石山の石より白し秋の風〉の蕭蕭、〈物いへば唇寒し秋の風〉の自戒。芭蕉でもう十分、秋風は詠い尽されている。

水澄むや天地《あめつち》にわれひとり立つ

高浜虚子の〈春風や闘志いだきて丘に立つ〉に似ているからでしょうか、現俳壇に対する確乎たる姿勢の表明と解して雄心を読み取り、「立つ」を意志と自負とみなす解釈もあります。何もかも澄む中でひときわ澄んでいる水。そんな天地の中にたった一人自分が立っていると孤心を表明したとも。私は、目に入る現風景を越えたはるかむこうをながめながら、悠久の時空（天地）にわが身を置いているのだと思います。いずれにせよ常臥の身、現実に足を踏ん張って立っているのではありません。

このころ澄雄は人間の実存の有り様、人生の真実を知らないと本当の俳句は生まれないと繰り返しています。哲学的なことではなくて、自分の人生と向き合え、しかる後に俳句があるということです。そして自分の人生の「今」で詠むこと。自分で自分のいのちを運ぶ作業が俳句をつくることだと繰り返していました。

戦にも獄にも死なず多喜二の忌

冴返り冴返り来し誕生日

前句には俘虜収容所のことを、後句には二月二十八日の前書がそれぞれついています。来し方を振り返るとき澄雄には惨憺たる思いの方が強かったのでしょうか。温かくなりそうになってもまた寒さが戻る、そんな繰り返しで八十三歳に。ただ二月二十八日は閏年でなければ〈わが誕生の日の翌日は弥生かな〉となります。将来のことには明るい思いを持ってもいたと言えるでしょう。

雨蛙葉にゐて鳴けり蜀葵
婆ら涼む畳廊下の大通寺
灯の入りて美しきとき釣忍

平成十四年の夏秋は世事に紛れることなく平穏な秋であったようです。

歌女といふ昔ありけり蚯蚓鳴く

歌のうまい蛇と目の良い蚯蚓が互いに交換した。その結果、蛇は鳴かなくなったが目を手に入れ、蚯蚓は目を失くしたが歌がうまくなった、と。歌女は蚯蚓の異称。故事を詠み込んで諧謔のふっくらした味わいがあります。もちろん蚯蚓は鳴きません。螻蛄の鳴き声を誤ったものといわれます。澄雄はこの季語が気に入っていたようです。

目つむりて死のしづ心日向ぼこ

日向ぼこをしながら、その心地よいぬくもりに身をまかせて、しずかに目を閉じると、安らかに死を迎えているかのような落ちついた心もちになったのでしょう。およそ十年前になりますが句集『白小』に〈死ぬ病得て安心《あんじん》や草の花〉がありましたように、どう死ぬことができるか定まれば、澄雄は死に不安を持っておりませんでした。掲句ではさらに死因は問題でなくなっています。安らかに息をするかのように死んでゆく、そんな風に思い描いているのでしょう。

美しき落葉とならん願ひあり

美しい紅葉落ち葉の中に立ちたいという願いだとか、仲間の人々に美しい落葉のようになって欲しいという願いだとか、美しい落葉の舞う虚空に遊んでいるのだとか、とんでもない鑑賞がなされました。俳句は一人称主語で味わうものです。落葉となるのは澄雄自身でありそれを願うのも澄雄です。

死んだら星になるとはよく言われるところです。死後の変身を何らかの形で思うことは、人にはよくあることです。極楽で暮すというのもそのひとつでしょう。澄雄は〈われ亡くて山べのさくら咲きにけり〉〈さくら見にゆくあとさきに死にし友〉（共に『所生』）と死後も元のわが身のままであるかのように詠んでいました。この掲句では「美しき落葉」への変身を思い願っているのです。

そもそも澄雄には他のものに変身することを夢見る資質があります。〈雲を見てわれいつの日か龍天に〉「いつの日か」が死ぬ日だと断定はできませんが、人間からか一旦鯉となってか、龍に変身して龍として天に昇ると。また〈常臥しのわれはさながら落し文〉届けられるべきところに届けられることのない恋の落し文。一人ぽつんと取りのこされたかのような常臥の身の変身。〈一葉落つわれもいつかは桐一葉〉この「いつかは」あきらかに死ぬことを意味しています。〈色変へぬ松のごとくにわれあらん〉周囲が色を変えていく中、常緑であり続ける松。その松でありたいという願い。そもそも澄雄には「杉」創刊の自祝句とした〈紅葉の中杉は言ひたき青をもつ〉(『浮鷗』)があります。杉でありたいという願望です。

積極的にそうなりたいというのではないです。「願ひあり」は叶うならばというひそやかな、淋しささえ伴うような願いです。いのちを運んで紡いできた今までの人生の集大成であり、句業の集大成が「美しき落葉」となること、変身することを願っているのです。落葉という自然の一相に触れて起こった内省的な哀愁を含む「もののあわれ」と言える句です。

澄雄の作品はたいそう温厚ですが、常臥状態での俳句への「執念」は鬼気迫る感がありました。「俳人」と呼ばれることも、自らの肩書とすることをも嫌い、俳句に拠って生き、俳句に拠って生かされた詩人が森澄雄です。

第十四句集『深泉』の世界

義仲寺は巴の庵義仲忌

木曾義仲は澄雄の好きな歴史上の人物の一人であったようで「義仲忌」だけでも〈紅梅を近江に見たり義仲忌（『浮鷗』）〉が詠み始めですが、生涯六句詠んでいます。

掲句の義仲寺は、源平合戦の中で源義経らによって粟津で討死した木曾義仲を側室女武者巴御前が供養したことに由来します。「巴の庵」とはそういう意味です。芭蕉は大阪で逝去した際「骸は木曽塚に」と遺言、この地に葬られました。その後寺としての形を整えて現在に至っています。

澄雄が義仲に惹かれる理由の一つは芭蕉が慕った人物であったことにあると思いますが、この句では、義仲と巴（塚は各地に伝承がある）とが、同じところに葬られ、一緒に弔われていることに、羨ましい思いをもったのではないでしょうか。澄雄は〈われもまたむかしもののふ西行忌〉（『天日』）、この句集でも〈破蓮やわれ敗兵のむかしあり〉と言っています。亡き妻アキ子夫人は弓道の国体選手でした。自分たち夫婦と義仲・巴を重ねても不思議はないと思います。

二人は一体という思いはこんな句にもうかがえます。

二人静枕上ミなる佛妻

澄雄の常臥のベッドの枕上みにアキ子夫人の遺影が掛けられていました。二人静の花の名は能の「二人静」（静御前と菜摘女）からの命名ですが、この句では花の名から、仏の妻と二人で静かな日々を送っていると、心の世界を描き出したものです。艶なる連想も働きしみじみした思いも重なり、「もののあわれ」を思わせます。

妻恋の句をもう少し見ます。

夜目覚め鵲の橋仰ぎをり

佛妻待ちゐるこころ七日盆
雲漢をしみじみひとり仰ぎをり

第一句。旧暦の七夕、年に一度の逢瀬のために鵲が翼を連ねて天の川を渡る橋となるという、その橋は何処かと探しているのか、そこを渡っていきたいと眺めているのか、また、妻が渡って来ないかと待っているのか、ともかく妻を恋う句なのです。

第二句。精霊が帰ってくるという盆の、その盆の入りを待ちかねる思いを述べています。一日も早く妻に会いたいと願っているのです。

第三句。天の川を見れば二星のことが思われて、つくづく我が身は一人なのだと思い知らされるのです。

中国からの伝承と日本の習俗が混交した七夕と盆の、旧暦の七月七日の行事を通して亡き妻を恋う心を美しく詠っています。

ひとりの思いは、尾崎放哉の〈咳をしても一人〉の句があることを前書でのべて、〈咳をしてもひとりとはいまわれにして〉などの句にも詠まれています。ひとりであることを意識すればするほど、妻のことが強く思われるのが情というものでしょう。

妻ありし日は女郎花男郎花

「妻の存命だったころは妻が女郎花で、俺は男郎花だった。もう十七年が経過しているが、妻への思いは薄れることがない。」句に悲しみが、愛しみが通っています。この句にも澄雄と妻アキ子は、木曾義仲と巴御前のように、分かちがたき一対という思いがあると思います。

澄雄が結社誌を「杉」と名付けたのは、亡アキ子夫人の生まれ年の木が杉だったから、と平成十七年秋創刊三十五周年記念で披露しています。

さて、澄雄が愛した花を一つ挙げよと言われれば文句なく桜でしょう。ところが『深泉』ではわずかに一句のみしかありません。「桜・花・山桜など」を合わせても、一句だけです。実は前前句集『天日』でも少なかったのですが、前句集『虚心』では桜六句花二句詠んでいます。この『深泉』においてたった一句しかないのはどうしたことでしょう。常臥となってからは長男で現「杉」主宰の森潮氏の運転する車で吟行にも出かけていたのですが、そ

ういう機会がたまたま花時とズレていたのでしょうか、理由はわかりません。この『深泉』の唯一の一句は、

花満ちて月となりたる朧かな

という句です。季語とされているものが「花・月・朧」の三つ。「月」は春月ですが。澄雄は季重なりを推奨していたわけではありません。自身の句に季重なりが多いことを批判されると、「向こう（詠む対象）が季重なりだから」とよく言っていました。話が本筋から逸れました。唯一の句は桜の満開の夜、月が出て、朧夜となった、すなわち、花月夜と朧月を合体させたような句です。そして「朧かな」と表現していますから、句は朧の句と見なされるべきです。この句集の唯一の桜の句ですが、花や月は季語朧の、春の優艶さ、という本意を演出する材料なのです。

桜に対して秋の季語の月は他の句集と変りなく詠まれています。その中で、

翁忌へ月夜月夜の花芒

翁忌や月美しき芒原

前句は秋の句、後句は秋の月ではなく冬の句です。前句は、翁忌にむかって、月に照らされ艶びかりする花芒の眺められる夜々が続くことだよ、という句意。後句は枯れ初めた芒原を照らす月が美しく眺められる芭蕉忌の夜だよ、の句意。これら二句はともに翁（芭蕉）と月夜の芒の取り合せです。澄雄が芭蕉に対して抱いていたイメージが月と芒だったといえると思います。あらためていうまでもないことですが、澄雄の芭蕉への傾倒は深いものがありました。翁忌は『深泉』には他に三句あります。「しぐれの忌（時雨忌）」は芭蕉忌のことです。

われつとにたつとぶものにしぐれの忌
まな弟子のわれもひとりや翁の忌
さびしほり説きて尊し翁の忌

着目すべきは二句目です。「まな弟子」は特に目をかけてかわいがっている弟子、ということですから、澄雄は自身を芭蕉から可愛がられている弟子だと自認していたことになります。

芭蕉は「笈の小文」の中で「西行の和歌における、宗祇の連歌における、雪舟の絵における利休が茶における、その、貫道するものは一なり」として、芭蕉自身「つゐに無能無芸にして、只、此の一筋に繋がる」ところを説明していますが、西行・宗祇・雪舟・利休そして芭蕉自身、これらの人に共通するのは「造化に従う」（天地自然の根本に立ち返り、自然に従順に人間らしく生きる）生き方をしたことだと言っています。共通項は生き方だというのです。文芸面では西行・宗祇・自分（芭蕉自身）という一本のラインを考えているわけです。芭蕉の愛弟子と自認する澄雄はだから、西行―宗祇―芭蕉―澄雄のライン上に自分がいると思っていたのです。

ですからこの『深泉』の時期に「自分を無にして、相手からもらえ」（身に着けた西洋的知性の殻を捨てて、無心になれば、対象が自ずとその本質をあらわす、それを言いとめよ）と澄雄はしきりに強調しています。これは俳句論ではなくて、いわば生き方の問題でもあるわけですから、「いのちをいとおしむ」ことと同じです。

このことを自分はどうでありたいかを言い表した作品で見ていきましょう。

中吉はわれに程よき初神籤

一読して〈めでたさもちう位なりおらが春〉（一茶）を連想させます。一茶はこの年五十七歳、帰郷して妻を得、長女も儲けやっと人並みになったという思いの句です。一方澄雄は八十五歳、比較にもなりませんが、妻を亡くしており、常臥の身の上です。そうであって「中吉はわれに程よき」とは、尋常では言えないことでしょう。素直におのれの人生を受け入れている様子が見て取れます。

自分の死をイメージした句をあげてみます。

雲光るわれもいつしか鳥雲に
われもまたやがて佛よ利休梅
いつの日か造化にかへる石蕗の花

「鳥雲に」入り、北へと帰るように、大いなる自然の営みの一環として迎える死。死んで天国とか来世があるとか、そのような信仰は澄雄は持っていなかったと思います。ただ、死んで妻のように「佛」に、死者としての「佛」なるということです。そして死ぬことは「造化にかへる」ことだと思っていたのでしょう。自然に随順する死です。

次いで、自分自身をどうとらえていたかをみます。

大いなるわれも浮雲春の雲

生きをりて草蜉蝣のごとくをり

この世をばわれも行人漱石忌

「大いなるわれ」ではなくて「大いなる」は「浮雲」を修飾しています。浮雲のように頼りない存在とか、浮雲のように自由でありたいとか、そういう心理を言っているのではありません。自分は浮雲そのものだということです。そんな自分を半分透明のような弱々しい「草蜉蝣」にも喩えています。また「行人」と喩えていて、漱石の三部作の一つ『行人』を想起させますが、澄雄に自意識に悩む主人公との共通点は何もありません。単に道を行く人という「行人」です。むしろ芭蕉の〈此の道や行く人なしに秋の暮〉を意識した句です。芭蕉はこの句のすぐ後で逝去します。

澄雄もまた芭蕉の孤独感を持ったのでしょう。ただ、「この道や」ではなく「この世をば」と言っている点には注目しなければならないでしょう。もし「この道をわれも行人漱石忌」であったなら、俳人としての道を自分は『行人』の主人公のように迷いつつ歩んで来たという感慨を述べたことになります。「この世をば」ですから、生を受け戦にも征き、娶り、妻を愛し、子を愛し、平凡なひとりの人間として生きて来た「行人」だということです。俳人として生きたのではない、一人の人間として俳句にかかわりながら生きたのだということです。いのちが限りなく愛おしく思われていたに違いありません。

掉尾の句は

冬の菊われは米寿となりにけり

満年齢八十七、数え八十八です。この年齢に至るまで、今や常臥しの全肉体の力を傾けて生きたこと、句を詠み続けたこと、この執念・妄執というものは「人生の真剣なあそび」としか言いようがないでしょう。

第十五句集『蒼茫』の世界

この句集の時期（平成十九年から二十一年）も変わらず常臥の生活が続いていました。まず「常臥し」の句を見ることにします。

常臥しの人に知られず更衣

〈旅寝して見しやうき世の煤はらひ　芭蕉〉は、旅人という境遇を背景に俗世の懐かしさに心寄せる句ですが、澄雄の更衣も、常臥しの身ではあっても世俗のように更衣をしていますよ、人には知られないけれど、とこの人の世に心を寄せる句です。常臥であっても季節の流れに身を置きながら現実の世を生きる、澄雄がしきりに口にした「虚にいて実を行う」ということのわかりやすい句です。

そのほかの常臥しの句をあげておきます。

臥しをりていくたび眠る遅日かな
常臥しの朝寝夕寝や春はよし
臥しをれば梨食ふ汁をこぼしつつ
存へて常臥してをり鉄線花
臥しをりて水澄む如くこころ澄む

どれも優しい言葉で詠まれています。「俗談平話を正す」と芭蕉が言ったことなど思い合わされます。次の句などもその「俗談平話を正す」句と言えるでしょう。

新涼の顔してゐたる猫もまた
けふ白露しづかに去るやつばくらめ
頬を過ぎ風渡るなり芒の穂
丈伸びて秋たけなはの紫苑かな
豊年や近江に多き観世音

常臥の澄雄にも遠出をする車椅子の旅がありました。

水入りて代田美し壱岐の国

「志賀島・壱岐島そして長崎二十三句」の前書のある一。志賀島で「杉」の大会があり、その後壱岐へ。〈夕焼の美しきころ壱岐に来し〉も同時作にあります。「美し」といえば〈さるすべり美しかりし与謝郡〉（游方）がすぐに思い浮かびますが、「美し」と言った時点で思考は停止するものです。しかし句はそんな安易なものではないでしょう。壱岐賛美の思いに、壱岐がことに僻遠の地であれば、何か見納めという静けさが付き纏っているように思います。惜しむ気持ちを込めた「美し」です。

平成二十年には信濃・安曇野への旅、平成二十一年には阿蘇久住への旅に出ています。

一望に大天井岳や秋深む

五月晴九重連山一望に

安曇野から見える最高峰大天井岳。九重連山はやまなみハイウェイからの眺望でしょうか。

「一望に」を両方に用いています。このようなことは従来の澄雄には見られないことです。この頃の澄雄は体裁よりももうともかく詠む、ともかく詠んでおきたい、という気持ちを大事にしていたと思われます。九州は澄雄にとっての最後の旅吟となりました。

ここから取り上げる句は、澄雄が最終的に到達し得た世界だと思っています。

小春けふ雲白くして浮かびをり

小春の陽気の今日、白い雲がほんわかと浮かんでいることだよという、ただそれだけのことです。天気も穏やかながら、澄雄の心の中までも静穏な一日であることが描かれています。

味噌汁にほろにがきものふきのたう

何とも思わないで口にしたものがほろ苦かった。そのことで蕗の薹だとわかったのです。「ふきのたうがほろにがき」と言ったのでは季語の説明ですが、「ほろにがきものふきのたう」の語順である点が表現の肝心なところです。蕨が春を告げるもののように言われますが、蕗の薹はそれよりもひと月以上早く生え出てきます。春を告げるものとして、真っ先に人の口に入るものが蕗の薹です。

冴返り冴返りつつ春落着きぬ

少し暖かくなったと思えばまた冬に逆戻りのような寒さに。その繰り返しの中でも確実に季節は進行してやがて本格的な春に。そわそわ落ち着きのなかった春。「落着きぬ」が秀逸にして新鮮です。

六月やどれも緑の京の山

京都に行かれた人は気付いていると思いますが、京都市街は四囲を山に囲まれています。どの方角をみても一年の充実期を迎えた緑の山々に囲まれているよと。六月（ろくがつ）は梅雨の時期、夏至の月。東の比叡山、西の愛宕山に代表される京の山々はいま、鬱然とした充実期を迎えているのです。

のつそりと疣のせ歩く蟇

ガマガエル、イボガエルなどの異名を持つ蟇です。有毒の粘液を出すという背面の疣がなんといっても特徴の蛙ですが、それを「疣のせ歩く」と何でもなしに詠んで鈍重感、滑稽感を生んでいます。

椿の葉二枚につつみ椿餅

餅の色は白やピンクと店によって違うようですが、二枚の椿の葉で包む（はさむ）ようにつくられる椿餅。その説明のような句です。ですからほとんど見向きもされない句のようですが、何のはからいもないあるがままを詠んだようなこの句に、濃い緑の葉とふっくらした白い餅を思い描き、まだ浅き春を想います。「つつみ」の優しさが温もりを伝えています。小さな存在が大きな宇宙を抱えている句、存在の句だと思います。

次に絶唱に近い句を二句取り上げます。

死にもせずわれもさながら穴惑ひ

「われも」に注意して味わいたい句です。「死にもせずわれはさながら穴惑ひ」だったら「穴惑ひ」は比喩となって季語となりません。「も」の一字で、吾も穴惑ひと同じく、の意味となり、季語となっています。六十三歳、七十六歳と二度の脳梗塞、また脳溢血も患って、死んでとっくに墓穴に入っているべきところ、まだ「死にもせず」穴の前でもたもたしている、と。

「われ」は句集全体で三割ほど使われますが、死を意識していながらそれを滑稽に表出した「われ」です。

一月やわが蒼茫の富士の空

なぜ「富士」なのでしょう。澄雄の郷里九州なら阿蘇、何度も通った近江なら比良でもいいはず。富士としたのはそれは季語が一月だから。「一富士二鷹三茄子」を持ち出すまでもなく、季語の本意を生かす固有名詞の選択です。

さらに「わが」を冠している点にも注目しなければなりません。蒼茫であるのは、この時点の自己の心とも、また人生を振り返ってとも、思われます。

ちょっと寄り道の感じで一句挙げます。

九十の男の節句柏餅

これは男子の成長を祝う端午の節句。せいぜい十歳くらいまで。卒寿、いままでにこんな端午の節句の句を知りません。さて、絶唱に近い句です。

妻亡くて灯火親しむ夜々なりし

常臥しになって十五年以上になりますが、少なくとも作品の中では一度も助かりたい、元に戻りたいと言ったことはありません。常臥状態を従容として受け入れていたと思います。むしろそのことを創作の糧にしていたかのようです。運命と呼んでよいなら運命をそのままに受け止めていたのです。人間としての生を受けたものとしてこの世をあるがままに生きる決意が、生き方であり、俳句観ともなったのです。そうなればそうなったままに受け入れて、生き、創作するということです。俳句作家として、人間として、の姿勢です。作品においてあるがままだから、赤裸々にリアルに描出しようということではありません。フィクションも当然あります。「遊び」の要素だってあります。エロスだってあります。それらを含みながら、文学的に構築した世界で、作品の上で自分のあるがままを描き出そうとしたのです。

一生涯を通して、澄雄は揺れていない。深化はあっても、ぶれていない。頑なに貫き通した感があります。ぶれないことは容易に見えるかもしれませんが、とても難しいことです。亡妻を詠み続けること、常臥を詠み続けること、そういうことが返って難しいことを、俳句を作り続けている我々は体感しているところです。

臥すわれに聞こえてどこか砧打つ

砧を打つ音は最近では限られたところでしか耳にすることができません。ですからこの句は昔聞いた砧の音を思い出しているのでしょう。幻聴です。常臥しであれば、目で見、耳で聞くものも限られていたでしょうから、幻聴も句になりえたのでしょう。しんとした寂しさが伝わってくる句です。

耳を働かせていた句に〈臥しをれば音を楽しむ菜種梅雨〉〈囀りに常臥しの耳あづけをり〉〈臥しをりてこころあづくる鉦叩〉などがあります。ことに菜種梅雨の句は、春深む候の家の外の景色を思い描きながら、音を楽しんでいるのでしょう。

『蒼茫』巻末の句は

行く年や妻亡き月日重ねたる

で締めくくっています。昭和六十三年八月以降二十一年間重ねた、妻亡き月日をしみじみ噛みしめています。

この句集『蒼茫』が澄雄最後の句集となりました。余すことなく生を全うしたと言えるでしょう。第一句集『雪櫟』に〈除夜の妻白鳥のごと湯浴みをり〉があり、最後の句集の掉尾がこの句であってみれば、私は俳人と思ったことはない、ひとりの人間として妻を愛し子を愛し友を愛すると言った澄雄の、徹頭徹尾計算され作り上げた文学世界であるように思われます。

澄雄の命日は九十一歳の平成二十二年（２０１０年）八月十八日。妻アキ子の命日八月十七日。その前日に届いたこの句集を子息森潮氏が読み上げるのを聞き入ったと伝えられています。澄雄は自身の文学的生の完結を見とどけて死んでいったように思われます。

あとがき――『蒼茫』以降の世界

師森澄雄が２０１０（平成22）年に亡くなって、はや12年が過ぎた。澄雄主宰誌「杉」は現在子息の森潮氏が後継となって、志が引き継がれている。まずはめでたいことである。

私が森澄雄と直にお会いしたのは、１９７４（昭和49）年３月であった。高野山に春の鍛錬会で来られると知り、東京の師と和歌山の自分とでは機会がなく、是非ともお会いしたく、当日は私の大学の卒業式の日であったが、友人に代返と卒業証書のもらい受けを依頼して、高野山に登った。宿坊での夜、初めて画帖(雅帖と呼んでいた。本当は大福帳であった)廻しを経験。〈比良の雪春はけぶりてきてをりぬ〉など新幹線の車中詠などが記された。格調の高さに圧倒され、この時を機に師事の気持が本格的に決まったといってよい。

澄雄は第三句集『浮鷗』を出版し、『鯉素』の仕事にとりかかっている時期であった。振り返ればまさに、あっという間に時が流れた。

師森澄雄は平成19年（2007年）から平成21年（2009年）までの作品を『蒼茫』にまとめ平成22年（2010年）8月に出版。その8月18日に亡くなった。その平成22年に詠まれた句の一部を挙げる。

〈蒼茫以降〉

常臥しもいつまでならん万愚節
われもまた佛に近し佛生会
淡　海　今　諸　方　万　緑　谷　深　し
淡海なりわが玉の緒を風抜くる
一月や諸方旅するこころざし
竹生島春来てわれもかはらけを
薫風のみちのくはなほ翁の地

「一月や」の句などは死後の「杉」10月号に掲載されるなど、日々辞世句と言っていた師澄雄だから、そのいきさつはわからないが、辞世句とみてよい。旅に多くの作品を成してきた師澄雄らしい句である。
澄雄は、芭蕉が西行や宗祇、雪舟や利休に学び受け継いだものを、自分も芭蕉から受け継いだ（〈まな弟子のわれもひとりや翁の忌〉『深泉』）。そして自分に直接影響が大きかったのは、石田波郷であり、波郷から「いのちの自然に従う大きな心」を受け継いだ、と言っている。

師澄雄がもっとも好きだった言葉のひとつは「虚に居て実を行ふべし。実に居て虚にあそぶべからず」。私たちは生れて来た時何も持っていない、死ぬときも何も持って行くことはできない。何もないということ、こだわりの一切を捨てたこころでこの世を見れば、すべてが輝いて見える。このこころで（このこころをもって）実人生を生きることが「虚に居て実を行ふ」こと。俳句もまたしかりだと。理屈・智恵を入れず、虚のこころで花を見る。

近江通いのきっかけとなったのはシルクロードの旅の途上で浮かんだ〈行く春を近江の人とおしみける〉であったがその時に、この芭蕉が持つ、やさしさ、遥かなものを抱え込んだ豊かな呼吸、を自分の作品の呼吸としてみたかった、という意味のことを述べている。

近江の風景が詠みたいとは決して言っていない。近江に通ったのも目にしたことのない風景に出合いたかったからだけではないだろう。繰り返し訪問することでその都度新素材が発見できるなら俳句は金持ちの文芸。近江の自然を通して、自分の内面の世界、遥かなる時空の虚の世界、を作品として現出したいと願ったから通ったのだろうと思う。だからこそ、普通の人ならもう飽きたという以上に通っても、まだ通いつづけたのだ。目に見える物や事柄を詠む（写生）ならすぐに尽きてしまうものだ。人間の存在・いのちの根拠である目に見えぬもの（無限の時空・虚・造化）を詠みたくて通ったのだ。旅に出たのだ。

＊

本著では句集一つ一つを取り上げる中で、世に知られた著名な句を必ずしも取り上げはていない。森澄雄名句の紹介文を書く思いはなかったからだし、私の紹介したい澄雄像とは違ったからである。森澄雄におもねるつもりも読者に迎合するつもりもなかったからである。とは言いながら、広く深く豊かな琵琶湖のような森澄雄にどれほど迫ることができたか、忸怩たるおもいであり、顔から火の噴く羞恥を覚える。それよりも弟子として、小誌「海棠」を主宰しながらの小生の活動の中で、師の教え「森澄雄のこころ」をどれほど伝播できているかがむしろ大事なのだが、それもこころもとない。

「ウエップ俳句通信」に連載のものを、加筆訂正を加えながらこのたび一本にまとめた。企画からこのようにまとめるまでを、ウエップ編集長の大崎紀夫氏にお世話になった。氏に勧めていただかなかったら、一生涯師森澄雄に触れて、まとまった文章を成すことはないままになるところだっただろう。拙さも寛恕して連載を許して下さったことに深く感謝する次第。ありがとうございました。

森澄雄の命日が迫る頃には出来の運びとなるかとおもいつつ。

　２０２３年４月、澄雄の愛した桜の散ってすぐのころ。

矢野景一

著者略歴

矢野景一（やの・けいいち）

1950年　和歌山県生まれ
1973年　藤崎実を直接の師とし「杉」に入会
　　　　森澄雄に師事
1981年　「杉」同人
1991年　第19回「杉」賞受賞
2010年　森澄雄逝去　後継森潮の下で同人会長に
2016年　「杉」退会
2017年　「海棠」を創刊・主宰

現在　日本俳人クラブ評議員　和歌山俳句作家協会会員
句集　『真土』『紅白』『游目』『和顔』
著書　『俳句入門実作への招待』（共著）
　　　『わかりやすい俳句推敲入門』など

現住所＝〒648-0091　和歌山県橋本市柱本327

森澄雄の宙〈そら〉

2023年6月30日　第1刷発行

著　者　矢野景一
発行者　大崎紀夫
発行所　株式会社　ウエップ
〒160-0022　東京都新宿区新宿1-24-1-909
電話　03-5368-1870　郵便振替　00140-7-544128
印　刷　モリモト印刷株式会社

※定価はカバーに表示してあります　ISBN978-4-86608-141-0